A tirania do amor

Cristovão Tezza

A tirania do amor

todavia

Diante do sinal vermelho, que contemplou abstraído como alguém sob uma curta hipnose, decidiu (e ao mesmo tempo imaginou as perguntas: *Como assim? Você enlouqueceu?*) abdicar de sua vida sexual. A ideia bateu opaca, sem ênfase, quase já um fato consumado à frente, como o brilho fixo do semáforo de pedestres, bonequinho imóvel: *abdicar*. No cansaço – não exatamente cansaço, esta coisa menor, localizável, passageira, ele pensou; é diferente agora, uma espécie de completo esgotamento – e mais o limbo da manhã, nesta névoa mental em que o dia pode se transformar em qualquer coisa, acrescido de uma vastíssima informação privilegiada (e ele imaginou o processo que se seguiria, a imagem de sua mulher fundindo-se com a de um executivo sênior com uma pilha de pastas à frente, *a decisão foi tomada com base em uma informação privilegiada a que nenhum dos outros acionistas teve acesso – o que o senhor tem a dizer a respeito? A sua prova é escancaradamente ilegal*).

O sinal vermelho em que ele fixava os olhos foi subitamente cortado por um ônibus trepidante que deixava para trás um passageiro irritado e esbaforido, incapaz de chegar ao ponto a tempo, e em seguida ele viu o bonequinho verde iluminar-se autorizando-o a atravessar a rua em meio a uma pequena e desencontrada avalanche de pessoas com pressa que evitavam tocar umas nas outras em sutis contorções e micromudanças de rota, um breve caos cuidadosamente desenhado – e como todos os dias ele imaginou o conjunto de linhas dali resultante, lápis sobre papel, a ordem do caos. Algum sentido a extrair daquilo? Antes de chegar ao outro lado da rua, calculou a distância e espichou o passo de modo a completar os dezenove passos regulamentares de todas as manhãs, o prazer do número primo, e prosseguir até o escritório. *Eu estou imerso na vulgaridade*, ele pensou, uma frase que décadas atrás ele ouviu do pai, e que agora caía do nada sobre a sua cabeça, do mesmo modo que a decisão que lhe ocorrera há dois minutos, *abdicar da vida sexual*, e isso tinha a ver – e ele parou diante da banca de jornal, fixando a notícia avulsa com o olhar sonâmbulo, *Trump derruba a bolsa brasileira* –, isso tinha a ver, ele tateou, ainda em dúvida, lendo várias vezes a mesma notícia, com a *informação privilegiada*, relação que, em vez de levá-lo a rir do absurdo, agora parecia verdadeiramente uma violência ética, *um erro de princípio* que passava a modificar a sua vida inteira por *nada*, e que portanto (como assim, *nada?!*) – mas a cabeça mudou de rumo e ele prosseguiu caminho atravessado pela lembrança inesperada de seu colega recém-formado que, com todo o respeito, um respeito que chegaria ao ridículo se não fosse ingenuamente sincero, consultou-o dois dias antes, puxando a cadeira de rodinhas para perto dele: *Por favor, dr. Otávio, me diga: o Trump*, tecnicamente, *é de direita ou de esquerda?* Diante do silêncio dele (um silêncio ruminante, ele explicou depois, porque a pergunta era *aguda*, ele disse, de Trump tudo se espera, e alguém riu), o menino reforçou, *quero dizer, desculpe, estritamente do ponto de vista econômico, é claro.* Mas a cabeça voltou para trás, ainda imaginando o próprio vulto à espera no sinal vermelho, alguma coisa tinha ficado lá, um fotograma que se atrasa – *abdicar da vida sexual* – e, numa sequência de pequenas equações mentais (como ele gostava de dizer, eu sou uma cadeia de equações mentais), sentiu uma epifania de liberdade, um surto misteriosamente feliz. *Fui banhado de liberdade*, ele se imaginou contando a alguém, alegre, quase com euforia. Mas de onde vinha este sentimento de liberdade? Uma porta que se abre – enfim livre! – ou um peso que se tira das costas (um *estou livre* mais discreto, mais um simples alívio passageiro que uma autêntica liberdade)? A sensação, entretanto, era boa – uma variável a menos a ponderar, o que simplifica as coisas. No caso dele, as mulheres, e de novo a epifania lhe voltou: *eu não vou mais precisar delas.*

Mas ainda não havia respondido à pergunta, de onde vinha o sentimento de liberdade, e ele virou a esquina de sempre, Bellberg Jewels & Watches, detendo-se numa vitrine blindada de objetos de ouro, a cabeça procurando uma saída, *já fui melhor em quebra-cabeças*, como gostava de dizer – a liberdade da cabeça e a liberdade do corpo, de qual delas se trata? Não existe liberdade da cabeça, ele diria à Rachel – somos escravos perpétuos dela. É unicamente o sentimento físico que importa, que desde sempre importou, a liberdade do corpo, o direito de correr, ou, para ser mais preciso, de fugir, e – os olhos fixos num colar de ouro que era uma obra-prima de filigranas, um colar ao mesmo tempo magnífico e discreto repousando sobre um torso de gesso, a plaqueta do preço dizendo *consulte-nos* – reviu-se nu na cama com Rachel (mas há quantos meses foi isso?) depois de um denso e prolongado e silencioso jogo de toques (falavam pouco durante o sexo, e isso agora lhe surgiu à cabeça como uma surpreendente novidade, uma atividade clandestina movida a sussurros) – ele gostava muito de abraçá-la no ato, *envolvê-la*, essa a ideia, a penetração deve sempre conter a ideia de *envolvimento*, uma *fusão poética*, ele arriscou a expressão (que lhe veio com o rosto de Débora e seu livro de poesias), que apagou em seguida, *não há espírito kitsch na matemática, uma arte intrinsecamente sem afetação*, até o orgasmo que se tenta prolongar ao último limite, mas que vai sempre rapidamente evaporando-se no vazio. O vazio: era preciso preenchê-lo, foi o que ele pensou, mas não disse, e Rachel fechou os olhos também sem palavras, e em menos de um minuto dormia um sono pesado ao seu lado. Um belo rosto: isso é verdade. Talvez seja só isso mesmo – e desviando os olhos do colar para um relógio de pulso de mostrador minimalista, apenas quatro linhas finas representando os números 12, 3, 6, 9 – trinta, ele somou – viu-se dizendo ao colega que em breve relógios seriam como cartolas, ou, *tudo bem*, ele concedeu, como pulseiras esquisitas, excrescências sem função ou *índice brega de emergente*, como um estagiário acrescentou com uma risada que caiu num vazio, porque eles todos viviam profissionalmente num ninho de novos-ricos, esse era *o espírito da coisa, e eu poderia ter um futuro tão bom na vida acadêmica* depois de sua fracassada tese de quase doutorado, *Os funcionários da Coroa*, que abria com uma longa introdução sobre as variáveis culturais das populações como fator relevante de eficácia das políticas econômicas, a classificação tripartite do espírito das nações entre individualismo estatal (América Latina), tradição comunitária (países nórdicos) e obediência atávica (Oriente), divisão submetida a um massacre humilhante e torturante da banca, e num momento ele esqueceu das mulheres e se concentrou na sua demissão próxima, *Você é um simples dinossauro ou um complexo cleptossauro?*, alguém perguntou rindo e ele não chegou a se ofender, de tanto que a coisa estava disseminada, falta um Cristo para dar aos ladrões o que é dos ladrões e aos honestos o que é dos honestos. *Disso depende nosso futuro!*, não tanto por uma eventual preocupação, e mais propriamente pelo sentimento do cálculo acertado, *serei demitido em breve: se estivesse no lugar deles, também me demitiria nesta circunstância*, o luxo descartável, o analista da conjuntura, como se o desastre consumado precisasse de analista. Sem ansiedade ou medo, *se me chutarem, vou viver do meu patrimônio*, ele poderia dizer com um toque de arrogância, o que é surpreendente para alguém de sua idade, tão jovem aos cinquenta e quatro anos, ele mesmo se disse, num sopro de autoestima que tentou respirar no peito apertado. *Não vou precisar do dinheiro da Rachel, que vem jorrando de sua banca de augustos advogados, agora avançando no ninho dos delatores. Não se iludam, alguém disse; esse dinheiro é nosso.* A ideia de *vulgaridade* – ele retomou este outro fio que há pouco caíra sobre sua cabeça – reapareceu com a lógica avulsa de um número primo, e ele continuou olhando a vitrine, resistindo aos cinquenta e três passos que faltavam para levá-lo ao prédio de todos os dias, se não esbarrasse em ninguém. *Rachel, eu tenho uma informação privilegiada. O método parece vulgar, reconheço, mas é juridicamente defensável, para falar sua linguagem. Você deixou aquilo ali.*

O que os seus filhos vão dizer? Era uma monótona divisão freudiana, um caso de cartilha (e de partilha, em breve, certamente) – Lucila me defendendo, Daniel defendendo a mãe, se fosse o caso de uma, digamos, guerra, o que muito provavelmente não vai acontecer, porque Rachel, assim como ele, ama demais o conforto para entregar-se ao prazer incerto da vingança; mas, mesmo assim, os filhos cerrarão os dentes (Daniel mais do que Lucila, é bem provável), eles nunca precisam de muito estímulo para cerrar os dentes em questões de família, em família estamos sempre na caverna, tacape, pelos eriçados, grunhidos e carne crua – a essa altura da vida (*Pai, eu acho engraçado quando você diz "a essa altura da vida"*, disse-lhe o filho há dois anos, antes da Grande Virada da Adolescência, quando ele ainda era capaz do humor, *como se a vida fosse uma escada*, e instantânea veio-lhe a imagem torcida do DNA, *ácido desoxirribonucleico*, ele balbuciou, um brinquedo verbal, e olhou para o lado, discreto, alguém viu que estou ficando louco?, e sorriu sozinho), a essa altura tudo é tão absurdamente previsível, um algoritmo de cartas marcadas, como todos os algoritmos, que ele poderia antecipar cada frase ao telefone, cada bufada, cada irritação, cada mão estendida, cada suspiro e cada simulação de tédio ou desistência. O único mistério prosseguia sendo Rachel, a das piadas bíblicas – *Labão, você nem precisou trabalhar sete anos para casar comigo, como seria justo*, e eles então riram, no tempo em que sorriam.

Decidiu tomar um café antes de enfrentar a provável demissão – um dia todo de desacertos, nenhum passo em linha reta, e entrou na galeria (um desvio que o deixou momentaneamente ansioso), os olhos acompanhando a curva da vitrine joia a joia – belíssimas peças, e imaginou-se atrás do balcão vendendo delicadas pulseiras de ouro – duas ou três vendas por semana e o mês estaria ganho. As mãos estendidas e ele, gentil e cuidadoso, apertando o fecho das peças em torno dos pulsos que se ofereciam discretamente perfumados, *Que peça linda*, elas diriam, manequins de si mesmas, movendo o braço em câmara lenta, e ele concordaria com um prazer tranquilo de proprietário. Teria de manter as unhas sempre bem cuidadas.

— Ácido desoxirribonucleico.

— Como?

— Perdão. Um expresso, por favor.

Fantasias subalternas, estou cheio delas, ele pensou, que retornam – são os meus fantasmas companheiros, meu retorno à infância, o afeto que se perdeu, e enquanto esperava o café tentou reorganizar os passos desde o momento em que atravessou a rua. 1. Informação privilegiada. 2. Abdicar da vida sexual. O balcão ao lado oferecia um combo de sanduíche com refrigerante mais fritas a preços módicos, e ele fitou o cartaz gigantesco, a nitidez absurda de grãos de gergelim e de um queijo escorrendo, enquanto acrescentava o terceiro item, 3. Estou imerso na vulgaridade. Uma coisa de cada vez.

Só há uma coisa pior do que ler o e-mail da esposa, o menino disse, inadvertido, recém-chegado à seita do vigésimo andar, *os analistas* – é ter caso com a secretária!, e deu uma risada solta que se esparramou num deserto de silêncio diante do presidente, que, como todos ali sabiam desde sempre, tinha um caso com a secretária, a qual, ao seu lado, exatamente com a mesma face de sempre, as bochechinhas rosadas, os oclinhos de finos aros pretos, o cabelo à Cleópatra, o conjunto inteiro de acordo com o figurino, taxa de cem por cento de previsibilidade, se fosse um título do Tesouro seria o equivalente à renda fixa referenciada – uma delicadeza de colegial já um tantinho adulta (Otávio sonhou uma vez com ela, mas era um sonho curiosamente apenas *argumentativo*, e tentou se lembrar agora sobre o que conversavam, mas tudo lhe escapara assim que acordou), ergueu o lápis como uma guia de grupo turístico e disse *Por aqui, senhores!*, como se ninguém soubesse o caminho da sala de reuniões da presidência. Faltou o *senhoras*, cochichou-lhe a Débora com um sorriso, *vou processá-la por assédio moral,* quando todos voltaram a falar alto ao mesmo tempo para esconder o constrangimento na algaravia. A imagem de Débora, sempre de preto, parecia persegui-lo nos últimos dias. *Estou me distraindo de novo.* Abdicar da vida sexual, eis o plano, e no mesmo instante passaram por ele duas moças altas, nítidas e semelhantes como comissárias de bordo, ele imaginou, deixando um rastro sutil de perfume (que era um dos seus pontos fracos, ele assinalou numa prancheta imaginária, o perigo do perfume, Rachel sempre dormia com um halo de perfume), e calculou imediatamente que eram recepcionistas de algum evento à espera de entrar em cena, em breve estariam em algum salão do prédio sorrindo e distribuindo crachás ou então – mas voltou ao ponto, numa certa aflição de chegar à definição exata, *abdicar voluntariamente*, porque afinal a sexualidade é um cavalo selvagem. Um ato de vontade, como o dos monges medievais, mas o paralelo o incomodou – não é isso. Nenhum papa, nenhum Deus acima de mim, pelo menos nesta escolha. Um ato *pessoal* de vontade, um gesto do indivíduo, não a subserviência a uma corporação moral, filosófica, política ou religiosa. Uma *escolha*, esse teorema difícil – e daí – os funcionários sentiam um certo prazer em bater com estridência metálica duas ou três vezes os cabos do café expresso e recolocá-los na máquina em torções exatas e barulhentas, como generais de uma estação de trem engatando vagões com estardalhaço – e justamente daí a sensação inefável de liberdade. Haverá uma certa graça, ele previu – livrar-se de um só golpe de toda a incomensurável aporrinhação do amor. Ele temeu sofrer um ataque de riso nervoso enquanto o café não chegava e tossiu três vezes, caçando um farelo imaginário na garganta. A *tirania* do amor talvez fosse uma palavra mais exata. O que o levou, por um caminho torto, à ideia de obediência, o que, por sua vez, lhe trouxe instantaneamente de volta, como uma pancada na cabeça, o fracasso de sua tese, um fato que em definitivo mudou sua vida. *Você poderia ter tido uma belíssima carreira acadêmica*, disse-lhe Rachel, poucos anos depois, já mastigada pelo tédio (*agora* aquela observação gratuita, que no momento o chocou como uma pedrada, fez sentido – a corrosão começava ali); o inexplicável tom ofensivo de acusação. Baseado em quê, perguntou-lhe o velho, você decidiu que a China representa a... e ele botou os óculos e folheou rapidamente o calhamaço com gestos desleixados de desprezo até chegar ao trecho, a China representa a "obediência atávica", e, por exemplo – ele catou mais uma linha do texto –, a Noruega (e o velho levantou a cabeça para a plateia rala, a curta demagogia que o amparava), a Noruega branca, loira e de olhos azuis é – ele voltou ao papel, como se já não soubesse o que ia dizer – é a "tradição comunitária"? Por que não o contrário?! *Bem, os cinco mil anos de mandarinato devem ter criado algum substrato cultural específico*, ele pensou em replicar, mas se conteve: não era o momento, e alguma coisa nele já desistia ali. O velho não parava de argumentar, azedo e agudo, *O individualismo de Estado, para as culturas luso-hispânicas em geral, é uma categoria conceitual que ainda teria alguma sobrevida teórica, mas. O problema*, disse-lhe o orientador ao pé do ouvido, praticamente despachando-o, enquanto os outros membros da banca o massacravam, *é que eu não tive tempo de ler os dois últimos capítulos antes da defesa, ou teria transferido a data. Você vai ter de reescrever isso. Eles não vão aceitar a tua retórica*. A estaca definitiva no peito foi o conceito de que *o estamento do funcionalismo público brasileiro, blindado por fortalezas corporativas que unem do gari municipal ao procurador federal, representa a verdadeira classe dominante do país*, uma ideia que lhe pareceu tão clara, cristalina, indiscutível, apenas um fato, o sistemático acesso, desde os tempos arcaicos da Coroa até a instauração também arcaica da Nova República, a todas as pequenas, médias e grandes benesses cotidianas do estado seletivo de bem-estar social, dos generosos quinquênios, adicionais, complementações, auxílios e ganhos judiciais em cascata e retroativos, às aposentadorias especiais mais generosas ainda, num nível de privilégios completamente vedado ao resto da população – esse, essa, esse "conceito", ou essa "tese", o velho sacudia o calhamaço, furioso, esta *despolitização* da realidade, esta *descontextualização genérica*, é a maior estupidez teórica que eu já ouvi. De qualquer forma, o convite da Price & Savings estava na porta, aliás escancarada – não é qualquer dia que o mercado encontra um *ativo humano*, um verdadeiro *dealer*, como lhe disse Rachel sorrindo, com a sua competência. Nada a reclamar. Ótimas comissões. Os professorinhos todos fazendo uma greve atrás da outra, do que eu me livrei – ou então inventando *a nova matriz econômica* – e ele num apartamento de duzentos e noventa metros quadrados (não é tanto; é apenas razoável; nenhuma cobertura em Ipanema ou um tríplex nos Jardins; nenhum heliporto no topo; apenas uma vista discreta para uma rua descansada com algumas árvores e duas vagas na garagem; houve um tempo passado em que preferi o dinheiro ao patrimônio, a liquidez à solidez, e essa imagem lhe bateu como uma revelação zen espatifada no espelho em frente), apartamento por onde seus filhos sempre correram felizes, até que alguma formatação – seria essa a palavra exata? – e ele ficou olhando para o café expresso curto (ele queria o longo, mas esquecera de pedir) que o funcionário colocou na sua frente –, ou algum destino, essa palavra curinga, foi deixando-os infelizes, todos da mesma maneira. Todos parecidos, as reações matematicamente previsíveis – ele sempre sabia com antecedência cada palavra que seria dita, no café da manhã, na academia de ginástica, levando o filho à escola, à espera do táxi, na rara fila do cinema, na notícia da internet. Situação X, palavra Y. Situação X+2m, reação Y-3n. Dava para fazer um gráfico perfeito – houve uma época, no entusiasmo juvenil, em que ele tentou. Pessoas irritadiças? O chavão diz que números são mais precisos que palavras, mas números não servem para nada, palavras sim, as palavras criam realidades, e no mesmo instante observou-se: estou me *desfazendo*, e isso não é bom. A obrigação de um ser vivo é prosseguir um ser vivo, e ele enfim sorriu, *vamos em frente que atrás vem gente*, olhando a xicrinha com aquele café concentrado de fina espuma e sabor amargo, que ele levava aos lábios até interromper o gesto com o gelo da lembrança. *Augusto, meu anjo. O meu marido é um ser abstrato. Mas falamos disso à noite. Achei soberba a contestação que você escreveu à sentença do idiota daquele juizinho – já conversamos. Você desce?* Ele contemplou abstraído o café esfriando como um leitor de desígnios. É preciso pensar uma coisa de cada vez.

Primeiro: a paixão *descuida*, e ele saboreou a ideia, que lhe pareceu boa, ou *correspondente à realidade*, sejamos exatos, e deu enfim um gole do café. Uma advogada consistente e competente como Rachel, perfeitamente firme nos seus quarenta e tantos anos de idade (também com cabelos à Cleópatra, de um ano para cá, ele percebe num repente), numa sucessão crescente (em ordem geométrica) de *erros* (sem julgamento; aqui se trata de um termo meramente técnico), 1. apaixona-se; 2. por um colega de trabalho; 3. escreve e-mails pessoais revelando a paixão; 4. usa o notebook profissional para escrever suas mensagens; 5. mantém a correspondência na máquina, e, por fim, o *touch down* definitivo; 6. leva o aparelho para a casa e deixa-o, *aberto*, na mesa da sala, um detalhe sobressalente que –

— Idiota.

Reviu o próprio rosto entrecortado no espelho do café, meio rosto escondido atrás da desdentada placa de preços, números falhando: como não pensou nisso? Aquilo foi deixado ali *para ele ver*, e ele tentou se lembrar se havia de fato alguém no escuro do corredor observando-o enquanto ele lia, mas antes de elaborar as conclusões inevitáveis do fato, se verdadeiro, ele se deteve na imagem do espelho, deslocando a clássica orelha de burro que via em si mesmo por não ter percebido antes, para um brasileiríssimo chifre; fosse norueguês, ele poderia ter dito em reforço à sua tese, eu seria um viking feroz, o que prova que culturas diferentes reagem diferentemente etc. Burro e corno, duas palavras que, outrora poderosas e definitivas, hoje perderam completamente a força condenatória. *Estou imerso na vulgaridade.* Mas esse é o terceiro item. Não se antecipe.

Onde está o sexo? Voltou à estaca da abdicação, o ponto zero a partir do qual as pessoas se erguem. O principal: não sentimentalize as coisas – as coisas, em si, são frias e indiferentes. Às vezes é interessante transformar-se numa *coisa*. Não se irrite; apenas calcule, imóvel – e ele sorriu do próprio conselho. Eu já fui bom em conselhos. *Você acha que eu devo aceitar o convite deles e mudar de escritório?*, perguntou-lhe Rachel anos antes, olhando-o firme nos olhos como alguém que precisa interpretar algum segredo invisível – o velho mago, ou o especialista em autoajuda, e eles riam da brincadeira, estava cada vez mais inseguro de seus próprios passos. *Nunca mais vou escrever essas bobagens, nem com pseudônimo. O famoso Kelvin Oliva e seu best-seller* A matemática da vida. Ela precisava *descobrir* o que ele de fato pensava. Outro café! Teria de entrar novamente na fila do caixa, o jovem maquinista explicou, desculpando-se, eu não posso servir sem o tíquete, e ele foi para lá vagamente bovino, recompondo a lembrança, o oitavo da fila, ele contou. *Acho que sim, Rachel, você deve aceitar: mais dinheiro, mais prestígio, mais alto (só tribunais superiores) e, o principal, mais perto de casa*, e ela riu, feliz – era exatamente o que a jovem e promissora advogada queria ouvir. Mas ainda cabeceou um pouco – precisava de algum apoio à traição ao antigo escritório. *É difícil abandonar o Marcos. É que a gente tem toda uma história, nos formamos juntos*, mas aquilo era só conversa para boi dormir, *colegas de faculdade, o projeto em comum, o sonho do escritório próprio, e de repente.*

— E de repente o tempo passa – ele disse, encerrando o assunto. — Você não vai permanecer o resto da vida lidando com casinhos – ele ia dizer *de porta de cadeia*, mas reprimiu-se. *Aceite. Você é melhor que ele, recebeu uma proposta irrecusável e a vida continua. Você casou comigo, não com o Marcos.* Ela suspirou e sorriu, livre, algemas desatadas. Naquele tempo ela ainda precisava emocionalmente dele – num momento, ela começou a se afastar, lenta como um balão sem vento. Lembra vagamente do beijo que se seguiu, a mulher que recebe um presente e agradece com o afeto à flor da pele, a entrega, *como nos velhos tempos*, ela poderia dizer, levando-o ao sofá, mas o filho entrou na sala batendo a porta, *cadê o meu tênis?* Aquele pequeno sinal de deferência de Rachel era mesmo deferência ou a busca de um álibi moral? *Ou aquilo, há sete anos, já era uma traição de origem?*, e a ideia inesperada abalou-o de fato, uma variável imprevista: até aqui, trabalhava com o curto prazo da traição, coisa de ontem, de uma ou duas semanas – olharam-se, anteciparam o prazer da transgressão, o tédio transbordante e corrosivo correspondente aos respectivos anos de casados, treparam (aqui ele fechava os olhos, o *princípio da abdicação*, a imagem criada tinha um toque *insuportável*, do qual ele queria escapar – onde os encontros estavam acontecendo?), e aquele nada iria em breve se evaporar no esquecimento. Eu não precisava saber. O universo é curvo, as coisas dão a volta e retornam ao mesmo lugar, e ele sorriu, escapando *em definitivo* da imagem assustadora. Uma informação privilegiada – ou, para falar nos termos dela, uma *prova ilícita*, o que anula o processo inteiro. O palito que você puxa lá na base e o castelo de cartas desaba inteiro, a bala de prata de toda defesa.

Talvez matá-la. A pura ideia ficou alguns segundos diante dele, quase um objeto estranho a ser contemplado com curiosidade, e uma série de métodos lhe veio à cabeça – o veneno, o tiro na testa, a asfixia, o empurrão das alturas, o incêndio criminoso, a terceirização do homicídio, aguardando o telefonema com a confirmação irrecorrível; ou ainda a mão na massa, o desfecho pessoal do porrete, duas, três, quatro vezes, sangue espirrando, a fúria conta pontos a favor, *ele agiu sob violenta emoção*, o que mitiga a culpa nos tribunais –, cenas de um filme, todos os dias milhares de homens matando milhares de mulheres, *Pá! Pum! Morra, filha da puta!* e inapelavelmente esbarrando na dificuldade terrível de dar um fim ao corpo, ou, pior ainda, a supressão definitiva da memória, que afinal é quem ri por último, por assim dizer, especulou ele.

Não conseguia se ver no momento seguinte, o revólver, ou o porrete, à mão, a mulher morta no tapete – um script ruim, personagem sem consistência, ele diria, comentando o seu filme. Qual a *real* motivação? Contou agora seis pessoas na fila, algum cartão lá na ponta se recusava a ser aceito pela maquininha e um homem indócil revolvia os bolsos para pagar com dinheiro com um esboço de indignação, e ele voltou à *abdicação sexual*, e à pergunta: onde está o sexo, afinal? Na cabeça? na alma? no caralho? na boceta? *Não diga isso*, sussurrou-lhe Rachel uma vez. Pelo menos não *durante* o sexo – pode dizer assim quando estiver furioso, *boceta cabeluda, cadê a porra do documento do carro que estava aqui, caralho?* E eles riram, pelados. E ele sorriu de novo, beatífico, lembrando. Mas, para fazer amor, explicava ela, os narizes se tocando sobre o travesseiro, não se fala assim. É feio. E eles riram de novo. Como é que eu vou matar uma mulher dessas? – e era quase como se ele conversasse com o companheiro da fila, que voltava a andar. Os ecos de uma manifestação de rua, uns *Fora isso!, Fora aquilo!*, chegaram abafados pela galeria, com sons roufenhos e incompreensíveis de altofalantes, gritos de *ãos* e *oras*, e ele se distraiu durante alguns segundos tentando decifrá-los, menos por interesse (tudo bem, me interessa, sim: os juros em queda no governo de passagem, a inflação contida e as consequências diretas para os investidores que confiam na Price & Savings) e mais como um exercício de acuidade auditiva (*depois dos cinquenta*, o médico disse, *é inexorável: a audição cai*, uma expressão que ele tentou imaginar graficamente com a graça de um cartum, a orelha no chão), até que as máquinas de café voltaram a se fazer ouvir, totens fumegantes, e ele apressou-se a reorganizar a cabeça, *sem mortes, por favor*.

O dia das perdas, ele teria de explicar ao filho que, do nada, lhe apareceu na memória, nítido e vingador, um adolescente magro, comprido, incompleto, um braço maior que o outro, fios desencontrados de barba, *você jamais se preocupou com porra nenhuma nesta casa, nem com a mãe, nem comigo* (previsivelmente, ele omitiu a irmã), *porque a única coisa que preocupa você é você mesmo*. Onde foi parar aquela criança educada e gentil, o menininho de calças curtas que eu levava para brincar no parque?, ele perguntou uma vez a Rachel, e ela resmungou um *hmm* sem tirar os olhos do computador, *sei lá, adolescentes são assim, não esquente a cabeça. E você só levou ele ao parquinho duas vezes na vida. Quem sempre levava ele era a Isaurinha, lembra?* Eu nunca esquento a cabeça: eu apenas calculo, foram três vezes exatas, ele respondeu, querendo fazer graça, mas ela já estava de novo pregada no texto que escrevia, agora balbuciando em voz alta ao mesmo tempo que digitava com a faca nos dentes, *provas robustas de que a argumentação do reclamado é inteiramente falsa e que portanto* – desta vez eu vou acabar com aqueles filhos da puta.

— Você trabalha demais.

— Logo quem está dizendo.

Eu não trabalho demais, ele pensou, contando as cabeças da fila diante dele: três agora, duas inclinadas à esquerda, uma à direita. Eu simplesmente não tenho outro estado físico ou mental na vida – viver é isso que eu faço: contar cabeças, mas não sorriu da ideia que lhe surgira como um escape de humor;

estou perigosamente dispersivo. Ou *cortar cabeças*, se eu estivesse no lugar da presidência da Price & Savings, à qual nunca cheguei e jamais chegarei. Até esse idiota chegou à presidência da República, como exclamou o novato logo no primeiro dia querendo ser engraçado e desabando no mesmo silêncio constrangido de sempre, ele não se emenda, ao que o Tavares rebateu, *Esse* idiota*?! Até* ela *chegou, isso sim foi um milagre, e nós, nada, só pastando aqui!* Agora sim, risadas estrondosas de descarrego, as coisas andavam tensas – o Leritta teria ouvido aquilo, do alto de sua presidência?

Não se distraia. *Qual a prioridade*, eis a questão. A minha mulher ou o meu emprego? Não, está mal formulado. O *episódio* com Rachel – *Augusto, eu estou meio que enlouquecida e não sei o que fazer da vida, até rimou*, ele leu no notebook, de *rachelzinha1970@gmail.com* para *AugustoOffice*. Ou a perda iminente do emprego? *Vamos conversar a sério amanhã*, disse-lhe o homem, sob o olhar carregado da pequena Cleópatra, o bloquinho na mão já certamente com todos os nomes a serem rifados no projeto de reestruturação completa da Price & Savings, desde que ela se meteu a intermediar propinas e trabalhar com contas secretas. Vai explodir. É uma questão de sobrevivência, alguém sussurrou. *Eu sei de alguma coisa?* – talvez, no futuro, esta se tornasse a pergunta realmente relevante, diante de um eventual juiz. *O bobo da corte. Você é meio bobinho*, disse-lhe Rachel uma vez, *com esse talento para os números.*

— Um expresso. Longo, por favor.

Ele ia dizer *outro*, por favor, como a desculpar-se por entrar duas vezes na fila, mas o caixa era diferente e portanto o *outro* não faria sentido. Eu poderia tomar café de graça no escritório – talvez seja o momento de começar a fazer economia.

Tentou antecipar o que o Leritta lhe diria depois de, ele mesmo, num gesto de cortesia e intimidade, lhe estender a xícara de café, trazida até eles pela jovem Cleópatra. *Você se tornou um pequeno dinossauro, Otavinho.* (Não; isso sou eu que estou dizendo. Ele jamais falaria assim. E jamais usaria o diminutivo. Meu senso de realidade sempre foi superior ao impulso da autoestima.) *Análise de conjuntura econômica virou uma briga de cachorro grande; não há propriamente intelectuais neste nosso mundo, porque afinal a economia não é nem ciência, nem arte. Na melhor das hipóteses, é faro. E, quase sempre, chute – o Tao do dinheiro.* (Aqui ele vai arriscar um sorriso cordial, pronunciando *Taô*, em busca da solidariedade da vítima de seu humor. Um trocadilho que iria me agradar. Como na semana passada eu comentei Capra e o *Tao da física* – a propósito do quê, mesmo? os átomos do café? – ele vai aproveitar o gancho.) *Sabem-se apenas duas ou três coisas com certeza, os axiomas imortais de Adam Smith, uma pitada de Keynes, vá lá, o Estado dá uma mãozinha de vez em quando, um pouco de Hayek como tempero filosófico e freio de mão, e, quer saber? Não precisa mais que isso.* Isso para me informar que ele era um cidadão letrado, com duas ou três referências de almanaque. Afinal, ele sabe que o Otávio Espinhosa é (o povo cochicha) um *gênio*. E daí ele chegaria ao próprio terreno, enfim: *Ninguém aqui, nos dois lados do balcão da vida real, pretende reformar o mundo – o negócio é, como sempre, dinheiro.* (Mas ele diria isso? Provavelmente não – ele gosta de frisar a *função social* do mundo do capital. As citações semieruditas sim, desde que eu estivesse ouvindo.) *Você poderia ser transferido para a consultoria do varejo de investimentos, mas isso seria um* downgrade *inaceitável para alguém com sua qualificação.* (Talvez aqui ele faça um silêncio, avaliando minha reação e maquinando que direção tomar.) *Bem, e para isso já temos estagiários baratinhos* (não; ele jamais diria isso), *todos a digitar nos chats da nossa página ou a falar ao telefone, explicando pacientemente às viúvas por que não é bom negócio deixar dinheiro na poupança e por que títulos de capitalização são uma roubalheira disfarçada; muito melhor aplicar a grana nos fundos geridos pela* Price & Savings, *que, além de toda a segurança, têm as menores taxas de administração do mercado, e são elas o grande ralo cotidiano do pequeno investidor. Você poderia ser o chefe dos estagiários, ou escraviários, como eles gostam de dizer* (isso sim; piada boa é piada velha, já testada e garantida), *explicando à gurizada, todas as manhãs, que o último corte dos juros do Copom valoriza crescentemente os títulos de longo prazo. Ao trabalho, garotos – e garotas, não esqueça! Somos uma instituição que respeita a mulher.* (Não; nem pensar que ele fizesse essa referência.) *O duto são os títulos do Tesouro – é disso que vivemos todos, afinal, para dar sobrevida permanente a um país organicamente quebrado. Explique também que Bolsas funcionam mal em economias soviéticas, que é mais ou menos o caso do Brasil.*

— Seu café, senhor.

O mal da matemática é que ela tem uma compulsão irresistível a *retificar* o mundo, de modo a adaptá-lo à pura e exata abstração da geometria. Transferi o meu talento matemático à apreciação das pessoas – na minha cabeça, Rachel, as pessoas são equações difusas, mal formuladas, e cabe a mim *retificá-las*, devolvê-las ao trilho original. Ela achou graça, depois ficou séria, pensou bem, e disse: É isso mesmo, Otávio. Você quer *retificar* as pessoas, de modo que elas se comportem de acordo com o teorema que você reservou a elas. Ele riu, ela não: *Você já pensou o quanto essa sua... inclinação é autoritária?*

Agora, por exemplo – ele conferiu o café, que veio longo, e sorriu ao atendente – estou *melhorando* o Leritta, dando a ele uma organização mental e uma linguagem e uma intenção e uma gentileza – até um estilo! – que lhe são inacessíveis; ele é uma pessoa funcional, direta e tosca; estou lhe dando a pauta, grátis, de como ele deve me demitir, dizendo as coisas certas, justas, civilizadas. Talvez esteja um tantinho irônico, mas é uma ironia bem-humorada, não ressentida. A ironia da inteligência, não a da estupidez. E eu estou assim não porque seja uma pessoa boa, mas porque, basicamente, estou escorado na segurança material, o que muda tudo. (Na verdade, melhorando-o, eu melhoro a mim mesmo.) O resíduo de mal--estar é apenas o... ele resistia a aceitar a palavra, sem conseguir encaixá-la em si mesmo, o *orgulho*, ferido por ser descartado. Um dia que amanheceu concentrando em poucas horas, com toda a força, a sua *queda*, o duplo descarte, a mulher e o emprego, e mais ainda, *necessariamente*, é uma represa desatada – os filhos, a rotina, a estabilidade, o $2 + 2 = 4$ que agora estão virando pó. O desconforto da mudança, de um recomeço – mas isso era apenas um deslocamento para não pensar no principal, a mulher que havia deixado uma mensagem de rompimento na forma de um computador aberto diante dele. *Veja, idiota. A única maneira que encontrei para você prestar atenção em mim.* Uma noite de presságios, de sonhos em pedaços, Rachel dizendo alguma coisa na praia e ele não conseguia ouvir por causa do barulho ensurdecedor das ondas. Acordou de madrugada e circulou pela casa em penumbra, quase despencando no degrau da sala, por que deixar esse degrau aqui?, ele reclamou na última reforma; porque o desnível dá um tchan especial, ela disse. Ali estava sobre a mesinha o notebook aberto, e ele pensou em fechá-lo, mas sentiu o calor da peça e ao tocar nele a tela iluminou-se, *Querido Augusto, não consigo dormir.*

Pensou ouvir o *plim* de uma mensagem nova, mas era o celular do vizinho de balcão, uma bela gravata vermelha sobre a barriga e um sorriso feliz diante da mensagem que acabava de receber – chegou a olhar para os lados, atrás de alguém com quem partilhar a boa notícia, mas voltou ao seu café com pão de queijo, ainda sorrindo, a cabeça balançando, *que maravilha*, ele deve estar pensando diante do que leu. Já no celular dele, que conferiu por um reflexo condicionado, não havia nada de novo – apenas a mensagem do presidente, ainda de ontem à noite, *Td bem? Preciso falar em particular com vc às 10 é importante. Leritta.* Começaria com o tapinha revelador nas costas. *Somos velhos amigos. Mas...* Mas a diretoria foi implacável: enxugar. Tentou calcular quanto teria de Fundo de Garantia para as despesas genéricas da mudança próxima de vida, o dinheiro que o governo carcomia mês a mês sob índices criminosos de reajuste de modo a fabricar moeda e cobrir o eterno rombo – nunca falar assim nos relatórios, é preciso *inteligência emocional*, alguém lhe disse há alguns anos, *sem inteligência emocional você não chega a lugar nenhum*, e ele sorriu, eu que disse isso a ele, como ironia, e um mês depois ele repetiu para mim, a sério, como se a ideia fosse dele. Como era mesmo o nome? Fábio, Flávio. Ao seu lado, o homem da gravata vermelha continuava com o sorriso santificado no rosto – o que teria sido a mensagem? Uma promoção? Um dinheiro extra? Nasceu um netinho? Algo extraordinariamente importante – o homem mastigou o último pão de queijo sentindo um sabor especial, era visível o sentimento de felicidade no rosto, deu um último gole de café com leite e, antes de largar o balcão e voltar ao mundo para começar o dia (quarenta e cinco anos de idade, terno discreto e bem cortado, relógio cebolão, óculos baratos, camisa branca destoante, estufadinha no umbigo, e ele tentou calcular emprego e salário, sem concluir), olhou Otávio nos olhos e fez um breve movimento de despedida com a cabeça, como duas pessoas simpáticas que se conhecem de vista, a gentileza civilizada, o homem queria partilhar sua breve alegria, a que ele correspondeu quase com efusão, enfim um semelhante.

— O Fed vai aumentar os juros – ele escutou alguém dizer, ou imaginou que era isso que ouvia de uma roda de jovens executivos animados, e voltou ao café, mentalmente começando a redigir o relatório da manhã diante do painel de indicadores, como se nada estivesse acontecendo. No Brasil, são quarenta e um mil postos de trabalho a menos neste mês, a subtração entre demissões e admissões de carteira assinada, ele se lembrou dos dados da tarde anterior – até o fim do dia, provavelmente serão 41001, e sorriu, olhando o café que esfriava. Estou imerso na ironia, e testou mentalmente a frase. Estou imerso na vulgaridade, a clássica frase de seu pai que jamais saía de sua cabeça, como uma carteira de identidade. Qual a melhor? – e deu um gole de café, inquieto com o que lhe parecia *um fio solto*. Uma vez disse a Rachel: sabe a sensação de quem vive com um fio solto em torno? Você precisa puxar aquele fio, tirá-lo da frente dos olhos, arrancá-lo da vida – o mundo inteiro acertado como um relógio, e no entanto aquele fio solto nos provocando. Tinha a ver com a ideia de Deus, que discutiu (o que foi incrivelmente incomum, *eu me entusiasmei*, ele justificou depois) com um casal de amigos advogados num jantar: sou, racionalmente, um ateu; mas a ideia de Deus me agrada como um *fechamento* teórico do mundo; alguém que elimina o *fio solto* das coisas. Aquele *fio solto* virou um mote entre eles. E hoje, Otávio? Você está com o fio solto? Deu mais um gole de café para disfarçar o sorriso que veio da lembrança.

Devolveu a xícara ao balcão, depois de contemplá-la com o olhar vazio, e pensou absurdamente em entrar pela terceira vez na fila do café, moto contínuo, peça de um relógio artesanal – mas para que fizesse sentido, era preciso descobrir alguma constante no número de pessoas enfileiradas diante do caixa e pessoas subsequentes enfileiradas no balcão, numa ordenação de substituições sob o fator – e pensou por um segundo em algum fator viável em looping, números pares, dez, oito, seis, quatro, dois, quatro, seis, oito, dez, uma breve cena de teatro sob um trecho engraçado de violinos, maquinistas de café expresso em gestos compassados e concerto de xicrinhas sobre o granito do balcão, *andante vivace*, enquanto cai a cortina à espera do segundo ato, e ele olhou para a boca da galeria: voltar à rua, de onde parecia vir com a claridade um reflexo difuso de bandeiras vermelhas, a gritaria já mais distante. Meu filho estará ali?, perguntou-se, calculando a possibilidade da coincidência, esbarrar com ele gritando em coro *Abaixo!* – o quê, desta vez? Abaixo o pai, com certeza. Em algum momento, como acontece sempre – ele pensou na divisão infinitesimal do tempo, o paradoxo paralisante de Zenão, sempre é possível dividir o tempo e o espaço em outra metade, e assim sucessivamente, de maneira que jamais *avançamos* de fato, estamos sempre no limiar; quando tudo indica a passagem, uma nova metade se impõe – a relação entre eles se esgarçou, para nunca mais. Não exatamente: uma vez que o universo é curvo como a pista de Indianápolis, daqui a trinta anos, se sobreviverem (o que é estatisticamente provável, seguindo a curva de variáveis múltiplas), pai e filho voltarão a se aproximar, mas serão pessoas muito diferentes, astronautas de naves que viajam em diferentes medidas de tempo e espaço, e, no retorno, nada mais será semelhante. De modo que, sim, tal como foi, a separação é para nunca mais. *Como você se sente dando a alma para este sistema corrupto?* – isso ele ouviu há poucos meses, nos dezessete anos do filho, preparando-se para o vestibular de jornalismo. *Não fale assim com o seu pai*, disse-lhe Rachel, sem levantar os olhos do celular, grau de convicção próximo de zero. O menino calou-se – havia um resquício de humor provocativo na pergunta, o que ele percebeu, um tom quase amigável que ainda disfarçava o desejo de agredir. Talvez um pedido de contato, *alô papai, você ainda está aí?* O velho *papai* foi dando lugar ao simplesmente *velho*, ou ao mecânico *pai*, e depois, rapidamente, a mais nada, apenas uma ausência fria. Mas talvez eu esteja sentimentalizando a mim mesmo, por momentânea fragilidade; não sou eu exatamente; é apenas a minha alma, um sopro em busca de um escape, e em momentos assim os sentimentos são cobertores quentinhos. Depois deste café, a demissão, e, muito além disso, o coração deste dia arrastado que ainda não começou, *Rachel*.

Enfrentá-la. Não a ela, mas, como se diz, a *relação*. Retome os cálculos com frieza, Otávio – e afaste-se do balcão, *que atrás vem gente*, e ele sorriu para os três executivos algo indóceis com tíquetes na mão lutando por meio metro de granito daquele *latifúndio*, a palavra veio-lhe de um passado longínquo, uma música da infância: é o que me cabe deste latifúndio, dizia algum poema antigo, *do meu tempo*, como se costuma dizer, supondo-se que nós carregamos o tempo conosco, e não o contrário. Otávio, você está sentimentalizando de novo: concentre-se.

Nasci no dia 4 de julho de 1963, uma quinta-feira – isso quer dizer especialmente alguma coisa? *Sim*, disse Rachel. *Diz que você é do signo de Câncer, isto é, uma pessoa simpática, imaginativa, mas bastante cautelosa, não? E tenaz, já que é do segundo decanato.* Naturalmente, isso se encaixa a qualquer pessoa em algum momento do dia, mas o espírito do horóscopo é esse mesmo, um projeto milenar ecumênico, ele estava para rebater, avaliando entretanto que seria sinal de pouca inteligência emocional desfazê-la já nas primeiras frases, mas a própria Rachel se encarregou de complementar seu oráculo, quase com as mesmas palavras dele: *Bem, isso serve para todo mundo, não? Mas é sempre um bom começo de conversa.* E então ele riu, acompanhando o sorriso maroto dela, verdadeiramente alegre pelo encontro fortuito: haveria um presságio naquela coincidência – as tais almas gêmeas? O que provocou um ligeiro desconforto ao lembrar agora – por alguma lei matemática que ele mesmo formulou, preferia as *almas díspares*, máquinas compensatórias de faltas, excessos e vazios, encaixe de quebra-cabeças, macho e fêmea (imagem que ele, já naquele longínquo dezembro de 1994 em que se conheceram, descartaria no mesmo instante como algo culturalmente *antinatural*, sopesando agora as consequências deste paradoxo). Nem horóscopo, nem nada – o que atraiu mesmo foi o perfume, que lhe pareceu, numa medida infinitesimal, mas mesmo assim perceptível, *perfeito*. Teria sido ele a caça?

— Vejam no gráfico – dizia o conferencista em pé diante da imagem projetada também sobre ele, que se movia de um lado a outro como um fotograma à solta, apontando para uma sucessão de prédios coloridos de alturas diferentes – que a inflação anual, na faixa dos 900%, é um desafio inacreditável para o Banco Central, mesmo considerando a queda diante da inflação de, vejam aqui, 2477% do ano passado, e ele espichou o olho para o bloquinho de anotações de Rachel, que era confuso, entremeado de desenhinhos geométricos sem função, com preponderância de triângulos; claramente uma estudante entediada fazendo estágio, o crachá no peito. *Você também é economista?*, ele lembra nitidamente de ter perguntado, mas um *fio solto* o levava agora a buscar a origem daquela estranha confissão de nascimento, a data da independência americana, a primeira coisa que Rachel ouviu dele, mas a referência se perdeu – o conferencista havia dito algo a respeito da independência americana e ele aproveitou o detalhe ridículo para, por força de um perfume, romper a sua timidez. — Vejamos, agora, as âncoras possíveis do Plano Real – dizia o homem no palco, e um novo gráfico colorido apareceu na tela.

Sou advogada, ela disse, subitamente séria, com uma espécie de dureza de um ator que assume um papel que ainda não sabe de cor, mas pressente sua relevância, o que logo se desfez num sorriso defensivo: *Quer dizer, quase. Estou fazendo este curso porque é uma área de que sei muito pouco, mas é cada vez mais importante, o Direito Econômico.* E ele pensou em perguntar (mas a timidez, dessa vez, foi mais forte), *Você não quer aulas particulares de economia?*, uma ideia que lhe pareceu boa, também do ponto de vista *técnico*, um modo de ele organizar a própria cabeça diante da nova situação econômica e política brasileira, e ele sorriu com a lembrança, seria uma proposta rigorosamente *honesta* – o conferencista que estavam ouvindo era fraco, confuso, redundante e sem foco, Você precisa ter foco, ele disse ao filho há dois anos, como quem oferece a lâmpada de Aladim, e Daniel respondeu agressivo, *Que porra de foco é esse? A vida não cabe em focos*, um pirralho escrevendo poemas e batendo as portas por onde passa. Neste exato momento – ainda se ouvia o eco na boca da galeria – está na rua gritando furiosamente palavras de ordem e sacudindo uma bandeira vermelha. *Meu filho é um chavão*, ele disse a Rachel, e, olhando para trás, era como se ele já existisse naquele auditório, vinte e três anos antes. *Cuide dele; é o que você tem*, ela disse com uma inesperada rudeza no tom, já como quem se exclui do conjunto (o que lhe ocorreu apenas agora). Em vez de oferecer aulas de economia à jovem perfumada, começou imediatamente a *trabalhar*, digamos assim, aos cochichos, e na breve atmosfera da proximidade, terceira fila, cadeiras 16, ele, e 17, ela, o perfume de Rachel, braços se tocando involuntários, parecia respirar: *O problema é que ele é um homem do governo, e o governo no Brasil é tradicionalmente mau conselheiro.* Ela não sorriu; esperava a continuação da aula para decidir se Otávio valia a pena ou não, e, preventivo, o perfume se afastou alguns centímetros à espera da conclusão. *A questão principal é: recriada a moeda brasileira, como podemos escapar do clássico voo de galinha, porque ainda não há lastro em parte alguma; nem na poupança interna, que é zero, nem na qualificação educacional, que é ruim e tende a piorar, nem no equilíbrio fiscal, que é uma perpétua bomba-relógio, nem...* Não, eu não falei nada com essa nitidez profética; sempre fui um oráculo inseguro, o *medo de errar* dos conservadores, como o acusou o velho Domício de nariz judeu, seu pai, que ia à falência quase todo ano e morreu miserável na cadeia; isso eu digo agora, quando a vaca já está indo ou já foi espetacularmente para o brejo. Mas eu disse algo parecido, com a cautela de sempre, e Rachel surpreendeu-se com o que ouvia – enfim, uma ovelha negra naquele rebanho de crachá, e o perfume reaproximou-se, interessadíssimo. Uma paixão, ou um fetiche – entrar e ficar naquela redoma invisível do perfume: a mulher mais bonita que ele jamais teria, e ele sentiu um choque agressivo pela lembrança, a incrível nitidez da lembrança, como uma volta real do tempo diante dele, a pressão no peito, a ansiedade difusa, e alguém esbarrou nele, um cidadão inútil e imóvel no meio de uma galeria agitada, *Desculpe.* Talvez voltar para casa: não ir ao encontro da figurinha medíocre que vai demiti-lo. Não aparecer mais lá, e ele se virou, no reflexo de um novo cafezinho, *o desejo de estacionar no tempo*, e voltou-lhe a imagem luminosa de Rachel: Então você acha que o Plano Real vai afundar?, e ele rebateu imediatamente, não não não – do ponto de vista técnico, ele é perfeito; o problema é o entorno político que dê sustentação, sobretudo o equilíbrio fiscal. *No Brasil, todo mundo fabrica dinheiro*: ele lembrou a frase que fez Rachel sorrir. *Depois você me explica isso direito*, ela pediu, *eu também quero ter uma maquininha dessas em casa*, e ele disse *claro, claro*! Havia uma outra alegria sobreposta, ainda que mesquinha: a ausência de Teresa – que ótimo que, mais uma vez, ao seu estilo blasé de *hiperautovalorização*, como ele uma vez brincou, ela não chegou a tempo, de modo que seu lugar foi ocupado por Rachel, para todo o sempre. Pelo menos até hoje. Ou ontem à noite.

— Você é judeu? – Teresa perguntou, quando ele se propôs a pagar a conta do jantar, *por favor, você é minha convidada*. E ele brincou, depois de um segundo suspenso pelo inopinado da pergunta: — Você deveria ter perguntado isso se eu *não* quisesse pagar a conta, para ficar de acordo com o espírito do anedotário judaico! – mas ela achou uma graça apenas amarela, e ele calculou quantas vezes, em apenas quarenta e oito horas de convivência (depois de uma noite do que parecia *amor*, esse sentimento que para ele flutuava na vida entre o indecifrável e o inalcançável), Teresa picava-lhe a ansiedade. Ela era especialista em deixá-lo aflito. Às vezes bastava um pequeno gesto, e ele perdia momentaneamente o pé. *Vou colocar no meu livro, um capítulo especial: pessoas com talento para criar desconforto instantâneo. Como funciona isso? É um talento.* Não, não, ela disse, sempre sorrindo amarelo: Perguntei, nem sei por quê, é uma bobagem – e ela me olhou bem nos olhos –, pela... aparência, um certo jeito, e eu imediatamente relaxei, *Ah, o nariz adunco*, e me segurei para não fazer piada, *você poderia trabalhar com os SS* – melhor não. Durante muitos anos evitei o perfil, ele pensou em dizer: olhar sempre de frente. Era menos vaidade que desejo de recusar o pai – *cada filho tem seu método*, disse-lhe uma vez Rachel, quando ele contou a história, rindo de seu próprio ridículo: treinar no espelho o olhar frontal, olho no olho. Adolescentes são idiotas duradouros, e aos trinta anos, na conferência, ele olhava Rachel diretamente nos olhos, como que a vaciná-la contra o perigo do próprio perfil. *Sim, devo ter sido judeu há trezentos ou quinhentos anos, via Península Ibérica, convenientemente cristianizado. O sobrenome Espinhosa não engana. Mas com lábios negroides (como se dizia na ciência racial do século XIX, hoje revisitada com essa história, como se diz? – identitária) e cabelo de índio, emprestado da minha desconhecida mãe, sou um completo cardápio brasileiro. A propósito, que importância tem isso? (Quase eu disse: que importância tem essa merda?, ao mesmo tempo que recuava o tronco e a cabeça, na inequívoca gramática corporal da resistência.)* Nenhuma, querido, ela respondeu imediatamente, na sua precisa técnica emocional de bater e soprar. E acrescentou um sorriso, tocando na minha mão sobre a mesa (esse toque sempre me toca, ele brincou com Rachel anos depois): Desculpe. Eu não quis... A cabeça e o tronco voltaram, mais calmos, ao ponto de inércia – o segredo da liga, o elástico sutil que os mantinha próximos, era o sexo, intensíssimo e bom, mas o preço emocional de Teresa era muito alto. Uma mulher caríssima! – e ele riu sozinho, um quarto de século depois, de volta à luz da rua. A manifestação já ia longe agora.

Parou na calçada: *organize a cabeça. Uma coisa de cada vez, nunca se esqueça*, mas, teimosamente, a cabeça voltou a 1994 e à euforia da nova moeda, mais a dupla combinação de felicidade pelo perfume de Rachel e pela ausência de Teresa, que, ele sonhou por força de uma misteriosa perversidade, chegaria atrasada à conferência a tempo de vê-lo feliz com a nova namorada, porque era exatamente nisso que Rachel estava se transformando em poucos minutos, um *para sempre* promissor. Você não é um menino qualquer, você merece o melhor, dizia-lhe o pai mais de quatro décadas antes, matriculando-o em escolas internacionais que depois não conseguia pagar, *vá aprendendo tudo, absorva o que puder, sabedoria não ocupa lugar, ninguém pode tirar de você o que você aprendeu*, e ele passou da infância à adolescência na angústia da humilhação permanente, as ameaças do pai a cada carta da direção, *Lamentamos informar que*. Esses filhos da puta estão pensando que você não tem direitos humanos?! Eles nunca ouviram falar das conquistas da Revolução Francesa? Em que século essas hienas vivem? O aluguel atrasado, as mudanças repentinas de apartamento e de cidade, os velhos carros sem documentos, tudo permanentemente *errado*. *Diga aí, meu filho, qual a raiz quadrada de 5476? Essa é fácil: 74. Meu Mozart! E querem te mandar para fora da escola!? Esse pessoal é criminoso. A educação das crianças é sagrada. Vou processá--los*. Quantas vezes perguntavam: *O teu pai faz o quê, mesmo?* E ele respondia, bem treinado: é empresário. *Ah, que interessante! E de que ramo?* Importação & Exportação na área de aparelhos eletrônicos, como uma vez ele explicou, orgulhoso, trazendo--lhe de Puerto Stroessner, no Paraguai, um belíssimo gravador de rolo de fita marca National. Aposto que na tua escola nenhum daqueles riquinhos tem esse aparelho. Ó, veja aqui como funciona. E tem microfone. Apertando esse botãozinho vermelho, REC, JUNTO COM O DO play, o da setinha, assim, liga a gravação. Vamos gravar. *Clact!* Diga aí: quanto é 842 x 903? *Não sei*. Então, uma conta mais fácil: 32 x 17. *E ele respondia, quase ouvindo a máquina girar na cabeça: 544*. Seguia-se a manzorra desmanchando-lhe feliz os cabelos cortadinhos à Paul McCartney, *meu filho é um índio inglês. Diga alguma coisa em inglês, filho*. Como eu gostaria de ouvir essas fitas novamente – nem é por sentimentalismo, defendeu-se; é para tocar com os dedos, por assim dizer, as coisas exatas como eram, inalteradas pela sujeira da memória, a nossa voz. *Dr. Espinhosa, Importação & Exportação*, estampava o cartão de visitas em duas cores. Havia algo permanentemente *antigo* no seu pai, ou *cafona*, como ele diria para si mesmo anos mais tarde, cada gesto e entonação de uma incrível previsibilidade – foi treinando com ele, Rachel, que eu aprendi esse meu dom de oráculo emocional (como um colega me definiu), que acabou por me transformar num requisitado consultor econômico (*Otávio Espinhosa – consultoria*, dizia o cartão com o logotipo elegante da Price & Savings). Previsões precisas. Eu sempre sabia exatamente o que ele ia dizer, e de que modo, assim como durante anos eu sempre soube antecipar com boa chance de acerto a curva das commodities, da bolsa, dos juros, o vaivém do dólar, além de um incrível faro para as canetadas do governo antes que se materializassem no papel e no bolso da freguesia. *Só faltou ficar rico*, brincou Rachel. *Essa maldita ética.* Quando jovem, interessou-se por Spinoza, ambicionando ele também tornar-se parente do filósofo, como garantia o pai: *você é uma inteligência com pedigree.* Comprou por impulso um volume da *Ética*, com que esbarrou na vitrine de um sebo, e foi para o apartamento com a firme decisão de estudar filosofia, a qual, nas mãos de seu velho antepassado judeu, lembrava um belíssimo jogo geométrico, e portanto matemático, *sem falhas.* As definições tão incrivelmente precisas! A partir da ideia de *substância*, o Deus que é em si e se concebe por si (e ele olhava para o alto espremendo os olhos, tentando desenhar a equação que se afirmava, *o conceito que não precisa de outro conceito do qual dependa*, como começa e termina este argumento?), chegava até a miudeza mais concreta da vida real – *a imagem do dinheiro ocupa a alma do homem vulgar o tempo todo, porque ele não pode imaginar nenhuma espécie de alegria senão pela via do dinheiro.*

Estou imerso na vulgaridade, sorriu ele, ainda indeciso entre a casa, à esquerda, e o trabalho, à direita (ou uma terceira via, sonhou ele, *uma fuga em frente, atravessar a rua para nunca mais*) – como queria demonstrar meu tataravô imaginário, o aplicado polidor de lentes. Mas rebateu a si mesmo: *Sim, mas não pelo dinheiro. Talvez eu tenha mais do meu pai do que imaginava.* Trocou rapidamente a filosofia pela economia – a inflação crescente, o esgotamento dos militares, a euforia das Diretas Já, e, é claro, a bolsa que lhe caía do céu em Harvard... E o dinheiro da bolsa é bom, meu Mozart!?, perguntou-lhe o pai, reaparecendo do nada, como se farejasse a salvação da tragédia próxima. *Eu queria me livrar do meu pai. Mas é mais fácil se livrar de um filho que de um pai*, brincou ele com Rachel já no segundo encontro, a incrível intimidade que brotava deles. Invejou a mulher naquele instante: *Já o meu pai sempre foi uma doçura*, disse Rachel. *Tenho família grande*, ela acrescentou, como se houvesse relação entre uma coisa e outra, e, de fato, quando conheceu o velho dois meses depois, concordou com Rachel: um velhinho simpático no sofá da sala com o controle remoto na mão, vendo o noticiário, *Ah, esse Itamar!...* o sotaque caipira do interior de Minas, de que Rachel herdava um resíduo (*Diga a verdade: eu tenho sotaque ainda?*, e eu arremedava, "Vou dizer a verdade!", puxando saborosamente os *erres*, e eles ficavam trocando "verdades" e achando graça). Em 1988, o velho vendeu tudo em Uberaba, uma fazenda e uma casa na cidade, e se transferiu para São Paulo com mulher e cinco filhos – *Chega de me matar de trabalho. Vou viver de juros, que é o melhor a fazer nesse governo sem-vergonha.* Dois anos depois, o Plano Collor confiscou-lhe o dinheiro do banco – *Felizmente sobraram os dois apartamentos, e a filharada, que ajuda muito. Mas sente aí, que vai começar o Jornal Nacional.* Todas as vezes que ele vinha buscar Rachel para um cinema, um passeio ou algum curso, o velho contava sempre a mesma história, enquanto a dona Luci, invariavelmente vinda da cozinha, invariavelmente reclamava: *O que a gente devia era de nunca ter saído de Uberaba. Não quer um docinho de abóbora, Otávio? Fiz hoje.* Era como se eu fosse conquistado mais pela simplicidade aparente do idílio familiar que ele jamais viveu, uma espécie de utopia rural rediviva – *Eu me sentia* seguro *naquela sala* –, do que pela própria Rachel, ele lembrou, tão bonita e alegre, tão intensa, tão leve aos vinte e quatro anos, e decidiu virar à direita: *Não sentimentalize. Vá ao trabalho enfrentar o que vem por aí. Uma coisa de cada vez. São cinquenta passos até o semáforo da esquina, e ele começou a contá-los.*

Demorou a atender o telefone à luz da rua, por temor de um assalto (a vaga visão de duas figuras sombrias sob um poste adiante) e por desejo de escape – boa notícia não será. Mas era: o rostinho sorridente de Lucila, os cabelos puxando para o louro, como uma deriva genética.

— Oi, filha. Estou na rua.

Interrompeu a caminhada: estava no passo 17.

— Você sempre está na rua – e ele sentiu o sorriso oculto na acusação aparente. Pequenos jogos provocativos para manter o laço afetivo apertado: *Desde que nasceu foi tua preferida, eu sei. Mas dê também um pouco de atenção ao Daniel*, dizia-lhe Rachel, com um subtom acusativo. Ele ia retrucar à filha *Alguém tem de trabalhar nesta casa*, a resposta-padrão, à qual se seguiria uma autodefesa com a linguagem da mãe, *Sou menor de idade, portanto tenho direitos constitucionais inalienáveis nesta casa* (ela gostava da palavra, que repetia com o dedo erguido, o gesto da mãe: *inalienável!*), mas desta vez adiantou-se:

— Estou sozinha, pai. Não tive aula por causa da manifestação, os padres acharam melhor dispensar todo mundo, e a mãe já foi pro escritório e disse que só volta à noite.

— E é grave?

— A mãe voltar à noite?

Ele pensou nos sentidos que se desdobravam com a pergunta e sentiu um golpe de ansiedade. Os dois vultos não estavam mais sob o poste, um ônibus próximo despejou gás carbônico em torno num arranque barulhento e ele impregnou-se de uma sensação de sujeira.

— Não. Você ficar sozinha.

Ela pegou o fio solto do que parecia um novo jogo.

— É grave. *Muito* grave – ela frisou num tom indefinido, ou antes indeciso, entre a farsa e a seriedade. — A gente tinha um trabalho de equipe pra fazer, sobre literatura, o romantismo, mas a Adriana e a Kelly resolveram ir para a manifestação. Eu não quis ir.

— Por quê?

— Preguiça. Não, não. Brincadeira minha. É que eu acho que eu sou de direita.

— Quem disse isso?! Filha, você só tem quinze anos.

— Pai, em maio faço dezesseis anos. Já sou bem grandinha. – Era a repetição do que a mãe lhe dizia quase todos os dias, *Você já está grandinha.* — Quem que disse que eu sou de direita? O Daniel que falou. "Você é igual o pai. Uma reacionária de direita." Só porque eu comentei que o protesto com a ocupação das escolas – mas o pai não conseguiu ouvir, sob a sirene de um carro de polícia, e quando a rua voltou ao normal seguiu-se um breve silêncio na linha, até que Lucila ressurgiu: — Pai, eu queria almoçar com você hoje. É sério.

Ele consultou o relógio. Aquilo soou inesperadamente como uma ideia maravilhosa, um breve oásis: almoçar com a filha era suspender o tempo e tudo o que vinha junto, *a inapelável corrosão dos fatos*, a frase de efeito que lhe ficou na cabeça da leitura de um velho editorial. *Desculpe, não posso hoje – tenho de almoçar com minha filha adolescente*, imaginou-se dizendo, sem sorrir, numa roda de engravatados. Não, não faça isso – pensariam em algo grave. Drogas, talvez. A menina se perdeu. Pobre Otávio. Não há escapatória. *Não seja sentimental*, eu sei disso, mas o tema poderia render um capítulo do novo livro de Kelvin Oliva, algo como *Capítulo Oitavo: Liberte-se pelo sentimento – 7 boas razões para você sentir. Ou 5? Qual número soa melhor?* Até 10, ele explicava à filha criança, canetas coloridas à mão, os números primos são exoticamente harmônicos, até simpáticos, um de cada cor, 3, 5, 7. Depois, são desajeitados, 11, 13, 17, 19 – bem, o 13 tem um certo atrativo engraçado pela vinculação ao mau agouro. *O que é agouro?*, ela perguntou. O negócio dela sempre foram antes as palavras.

— Claro que sim, filha. À uma da tarde, na frente do prédio da Price. Me dê um toque que eu desço.

Houve um lapso de silêncio. Ele pressentiu, misteriosamente, alguma coisa que ela queria dizer, ou antecipar, e estava criando coragem para dizer – e súbito ouviu:

— Pai, você vai se separar da mãe?

De onde ela tirava aquilo?! – ele parou imediatamente, suspenso no passo 31, próximo de uma banca com a manchete "Paralisação no metrô", pensando tudo ao mesmo tempo, mas ela não esperou resposta e se despediu apressada, em outro tom, falsamente animado, como quem se arrepende:

— Vamos almoçar no Japonês? À uma hora eu chego aí.

— Filha, venha de uber porque – mas ela desligou.

Retomar os passos: um de cada vez. Não se moveu, os olhos na "Paralisação no metrô". A figura de uma mulher bonita, de preto, atravessando a rua, trouxe-lhe Teresa à cabeça, também pelo telefone, no dia seguinte à conferência que mudou sua vida. *Ontem eu nem falei com você. Cheguei atrasada – tive de resolver umas coisas.* Todos os dias ela sempre tinha de resolver umas coisas importantíssimas, até que Rachel apareceu para preencher a lacuna, mas ele jamais lhe disse isso. Ele ouviu um suspiro e o próprio coração batendo: como despachá-la? *Eu até ia te convidar para jantar, mas você estava tão entretido com a garotinha que. É coleguinha?* Pelos diminutivos irônicos, ele sentiu o triunfo: Teresa não conseguia controlar o ressentimento, que é o desdobramento imediato do ciúme. *Mas daí encontrei o Paulo, lembra dele? O Paulo Drasi, que eu não via há anos. Uma simpatia. Ele também está no curso.* O que eu disse a ela? – esforçou-se para lembrar, como se daquilo dependesse uma informação inescapável para ele prosseguir a vida, dar um passo adiante, mas a memória era inteira unilateral, só conseguia recuperar a voz de Teresa. *A gente saiu, Otávio. Fomos jantar, depois no cinema. Você não vai dizer nada?* Não, ela não perguntou isso – seria uma derrota, a confissão de interesse, a sombra do afeto. Isso é só um desejo da minha memória. *A inapelável corrosão dos fatos.* Ela estava unicamente atrás de uma palavra que o destruísse, e mordia-se por não conseguir encontrá-la. Ao mesmo tempo, era preciso sempre deixar *um fio solto*, de emergência, porque, afinal, eu sou um estepe de confiança – ela só disse um neutro e indiferente "A gente se fala amanhã" e desligou abrupta, *para meu alívio. Livre.* Fone na mão, ele ficou ouvindo o *tu-tu-tu-tu* enquanto desenrolava o grosso fio preto que estava uma maçaroca torcida e viva. *Era do meu pai esse aparelho dos anos 50, uma preciosidade, e quase que eu jogo fora,* ele sempre dizia aos que o visitavam, uma fixação afetiva pelo objeto. *Pesa uma tonelada, sinta o fone na mão, parece pedra. No Mercado Livre vale uma fortuna.* Só se viram de novo anos depois, e daí já eram outras pessoas, todas as variáveis modificadas – como o universo é curvo, e o número de pessoas conhecidas é sempre bastante limitado, acontecem reencontros fortuitos no tempo e no espaço, como aquele, acidental, à custa de bebida e, logo depois, de um remorso pesado, que agora lhe parecia leve, pura imagem na memória, quase um tranquilo corredor de escape: Teresa nua, desmanchando a máscara de indiferença e agarrando-o com o desespero *de uma puta,* ele então pensou, com uma alegria agressiva, *dilacerando-a pelo sexo,* imaginava ele, a penetração num crescendo de violência (eu gostava da curva das costelas, a resistência macia aos meus dedos logo abaixo dos seios que haviam sido firmes), *esmagá-la*, e quando terminaram, exaustos, *a purificação pelo suor*, ele pensou ouvir – aquilo foi também, ou principalmente, um desejo de agressão, a brutalidade que parecia agradá-la, que a agradava, e ele sentiu um prazer *primata*, o punho no peito, a mulher debaixo dele, e feliz, imagina ele, de olhos fechados, esquecida de si mesma, a respiração pouco a pouco voltando ao ritmo do mundo, ambos acordam – e ele parou no semáforo, bonequinho vermelho, passo número 73, *eu me atropelei*. Por que estou lembrando aquilo? *Cara*, disse-lhe o amigo, *isso é clássico, desde que o mundo é mundo: a mulher grávida e você pula a cerca!* E eles riram.

O Otávio é gelado. Olhos no bonequinho vermelho do semáforo, ele relia mentalmente a mensagem de Rachel, o monitor do notebook iluminado na madrugada escura como o recado de um ET. Na roda de amigos, um mês depois da conferência que mudou sua vida – ele gostava de brincar, *não foi pela nova moeda; foi pela nova mulher*, e ela invariavelmente perguntava com um sorriso, *quem é a antiga?!*, mas ambos, de comum acordo, *não tinham vidas passadas*, o que ele achava uma hipótese interessantíssima de convivência: *você não me pergunta nada, e eu não pergunto nada a você. O que você acha? Escrevemos uma página em branco.* E ele disse: *eu prefiro números. Escrever uma equação. Mas a vida é paixão*, ela disse, *um lugar comum de que ninguém escapa*, e ele brincou, como quem conspirasse contra o brutal sentimento amoroso que lhe brotava de cada centímetro do rosto de Rachel, da pele e da alma, do calor e da voz, da simples proximidade, o "campo magnético", como ele disse uma vez, "eu amo o teu campo magnético". *A vida é paixão*, ela repetiu. *Bem, como dizia meu parente Spinoza, não há paixão da qual não possamos formar um conceito claro e distinto. Uma equação.* E ela sorriu, fazendo graça: *Seu parente?! Você disse que não tinha passado.* E eles se beijaram.

— Pai, por que você nunca lê romances? – e ele como que acordou da crise da empresa, o choque daquela manhã quando ele ainda estava otimista com a recuperação da Ibovespa e o dólar mantendo a linha-d'água em meio a Trump, incertezas da

Previdência, a eterna crise política, crise dos frigoríficos, crise de exportações, *e a minha própria crise, preciso de tempo para decidir o que fazer, e pensando de repente no encontro com a Débora*, que a cada minuto lhe parecia mais interessante e interessada: — *Preciso falar com você*, ela disse. — *Com alguma urgência. Tenho de pegar uma coisa em casa, que esqueci. Que tal à tarde?* – e discretamente, como uma amiga de infância ou uma esposa tranquila, ajeitou-lhe a gravata, o sorriso prometendo alguma surpresa misteriosa. — *Você vai sair agora para almoçar?*

— Romances?! – Sorriu para a filha que empunhava os hashis, *o nome é hashi, pai*, as varetinhas japonesas. *É assim que se segura! Você não quer mesmo aprender? É meio ridículo você vir a um restaurante japonês e pedir garfo e faca como se fosse um selvagem. Vou querer um tepannyaki. Você sabia que "teppan" quer dizer prato de ferro e "yaki" significa grelhado? Descobri na Wikipédia.*

Ele ia responder automaticamente "não tenho tempo para ler romances", mas desistiu da mentira, que além de tudo seria tão grosseira com a filha que sentiu uma golfada de ansiedade pela simples ideia, *minha filha é uma porcelana. Vá com cuidado*. Melhor dizer a verdade: *Por que são inventados, Lucila. Só a realidade me interessa*. Mas também não seria uma boa resposta; apenas um erro conceitual e um desestímulo estúpido, que seria também agressivo com a mulher (melhor: *agressivo com a mãe de Lucila*). Rachel havia sido uma leitora voraz de romances, e gostava de recontá-los a ele com duas ou três frases: *É a história de um sujeito que não chorou no enterro da mãe, então matou um árabe talvez por acaso e foi condenado à morte sem aceitar a absolvição do padre*. Ou: *É a história de um oficial da marinha inglesa que covardemente abandona um navio de passageiros, que aliás se salvam. O oficial passa o resto da vida tentando se recuperar moralmente, e no final do livro vive um segundo grande teste para sua honra*. Diante da sobrancelha erguida do marido, ela parou, fez suspense, olhou para ele, sorriu, e completou:

Como eu sei que você jamais vai ler o livro, conto o final: o oficial fracassa pela segunda vez. Ele ficou intrigado e sentiu um desejo momentâneo de ler esse romance, um sentimento raro, mas esqueceu em seguida. Só a ideia – o duplo fracasso – que restou na cabeça dele: de onde vem tanta exigência? Eu estou cansado. Agora, diante da filha, lembrou do pai, que lhe estendeu o livrão poucos meses antes de morrer, com o poder da sua perpétua chantagem emocional, o teatro paterno, o tom dramático de fancaria, ele embarcando para Harvard e para a independência: Crime e castigo. *Está tudo aqui, meu Mozart. É a minha vida. Leve com você.* Ele leu o livro inteiro, quase que em pânico, sublinhando trechos e anotando os nomes russos e seus diminutivos derivados, cada um de um jeito, para não se confundir. Tanta memória para os números, o poder do cálculo, e essa névoa com as palavras. Quem seria a velhinha que o seu pai teria matado em troca de um saco de moedas? *É a minha vida.* A minha mãe? Em Harvard, logo na primeira semana assistiu à palestra do mítico John Kenneth Galbraith, no lançamento de suas memórias, *A Life in Our Times*, o fantástico discípulo de Keynes em carne e osso, que ele ouviu no anfiteatro num estado de encantamento absoluto, *caralho, eu estou aqui ouvindo Galbraith a cinco metros dele*, e imaginou que seria possível esquecer o passado para sempre.

— Não é verdade que eu não gosto de romances. Por exemplo: já li inteirinho *Crime e castigo*. Um livrão. Aposto que esse você não leu!

— Esse não li, mas sei que é daquele russo de barbas, o Tolstói.

— Ah! Errou! É do Dostoiévski. Tolstói escreveu *Guerra e paz*, que é outro livrão. Tão grande que nem sua mãe leu ainda. São dois volumes. Estão ainda lá na prateleira, intocados. Ainda com plástico – ele acrescentou, como se buscasse mais um detalhe mesquinho contra a mulher.

Lucila entrou no jogo:

— Pois eu já li *Harry Potter* completinho! Todos os volumes! Duas vezes! E os dois últimos eu li em inglês, antes que publicassem a tradução!

Ao lado deles, o garçom japonês – um belo ideograma em branco no impecável avental preto – aguardava os pedidos em silêncio, acompanhando a conversa como aos lances de um tranquilo jogo de tênis.

— Tudo bem. Mas quando criança eu li Júlio Verne, que você nem sabe quem é.

Ela riu.

— Pai, você parece criança. Eu sei quem é: escreveu *Vinte mil léguas submarinas*, um thriller ecológico de um cara que queria destruir os oceanos. Não é assim? Acho que eu já vi esse filme. Parece que a Disney fez um desenho com a história.

O japonês desapareceu, respeitando a conversa em família. Ela vai tocar no assunto novamente? *Pai, vocês vão se separar?* Eu devo fingir que não ouvi? Mas eu ouvi mesmo aquilo?! Como válvula de escape, conferiu os preços do cardápio – uma entrada de *shimeji* por 42 reais, o equivalente a 13 dólares e 33 centavos à taxa de hoje, 0,3175, ele calculou rapidamente pensando na resistência dos preços de restaurantes em meio à depressão, porque o consumidor típico desta faixa pertence ao estamento público direto ou indireto, médio e alto, que no Brasil, encastelado em corporações políticas, é uma bolha imune à economia real. *Você tem de refazer estes dois capítulos*, disse-lhe o orientador. *Não existe isso de "economia real" determinada pelos deuses.* Ele ia responder: Pelos deuses, não. Mas pelo quitandeiro da esquina – e desistiu. Foi a sua primeira grande *abdicação* na vida. Desistiu dos capítulos a reescrever, do orientador, da vida acadêmica, da bolha de segurança, do diploma do doutorado na parede. *Fodam-se.* Durante alguns meses não atendeu mais telefonemas, perdeu todos os prazos e desapareceu de vista, num surto de depressão, a última que viveu. Enquanto levantava o braço chamando novamente o garçom, fez uma pergunta automática, ainda sentindo a sombra da manhã difícil na Price & Savings. Você tem noção de como a crise é grave, perguntou-lhe Débora, com sua retórica irônica. E baixou a voz: você acha que alguém aqui vai se salvar? Ela falava como se propusesse um jogo de adivinhação. *Realmente não sei. Sou só consultor de velhinhas com poupança. A tendência dos juros é de baixa – não é preciso, e nem devemos, saber mais que isso. Neste momento, basta a senhora tirar o dinheiro dos fundos DI e colocá-lo nos fundos de Renda Fixa. Taxa de administração de 0,25. A senhora não achará nada melhor nos bancos comerciais.* O riso de Débora, que ele acompanhou. Sempre gostei dela, ele pensou, como quem, no instinto de proteção, começa a alimentar um nicho comum. Alguns anos trabalhando próximos. Um perfume agradável, que chegava até ele sutil e ali ficava, como o rastro protetor de alguém que se ausenta. Como se por instinto, sempre acabava ficando próximo dela nas reuniões. Sempre se sentia pronto a ouvi-la: no meio dos brucutus, a voz dela pairava tranquila, um discreto toque irônico sempre presente. Ou estou inventando tudo isso agora, dando um sentido amarradinho a um conjunto de sinais aleatórios, como quem cria uma imediata válvula de escape à angústia da queda? A *herdeira*, diziam. *Podre de rica.* Nunca me ocorreu levá-la para a cama. (Ocorreu sim. O desejo engavetado. Fica lá, quieto. Um dia acorda. Não, não, isso é só uma fantasia momentânea – nunca senti por ela nada além de uma simpatia corriqueira.)

Ao pedir seu *teppanyak*, Lucila lembrou, como se houvesse relação entre uma coisa e outra:

— Pai, falar nisso, para um trabalho na escola eu li *O mandarim*, uma história de Eça de Queirós, um escritor português.

— Filha, eu sei quem é Eça de Queirós.

— Quem foi. Ele já morreu.

Ele sorriu, erguendo os braços.

— Peguei você! Então. O livro tem aquela linguagem meio antiga, mas é engraçado. Um sujeito recebe uma proposta do diabo: se ele matar um mandarim na China que nunca viu, vai ficar milionário. Assim, tipo nunca viu mesmo, não sabe quem é, está lá no outro lado do mundo, jamais saberão de seu, assim, "crime" – e Lucila fez as aspas com os dedos. — É só ele concordar em matar, sem mover um dedo, e "tchan!", está rico. Fiquei pensando se eu mataria um mandarim chinês nessas condições. Já pensou? Você mataria um mandarim? Uma coisa completamente sem culpa.

Pela surpresa da pergunta, sentiu uma comoção especial pela filha: parecia ver nela, atrás da névoa da memória, a sombra das charadas de seu pai, o mágico sobrevivente para quem a vida sempre foi escombro e brinquedo. Agora, nos lábios de Lucila, a charada assomava como pura inocência – não ainda um jogo objetivo de armar, o controle remoto afetivo, as arapucas da dominação emocional do pai. Admirou-lhe a camiseta escura com a imagem cubista e o logotipo de um museu; os cachos dos cabelos ainda intocados pelo tempo; a pele suavíssima; o sinal no pescoço, as três pintas irmãs, as mesmas que misteriosamente ele também tinha; e o rosto da mãe, aquelas quase linhas retas se concentrando no vértice do queixo ligeiramente agudo, uma imagem que ele sempre vinculou à ideia de determinação. Mulheres fortes. Nos olhos, uma sombra discreta, a linha fina do lápis marcada com um cuidado infantil diante do espelho de moldura ainda cor-de-rosa – não é mais uma criança, e tampouco adulta. *Uma porcelana. Tenha cuidado.*

Não se perca. Recupere o fio solto da manhã, planifique o que fazer, por etapas – você tem *informações privilegiadas*.

O bonequinho ficou verde. Recomeçou a contagem dos passos, calculando 22 até o outro lado, se tudo corresse bem.

Gelado não porque seja indiferente, sem empatia, dizia outro e-
-mail, uma sequência enorme de mensagens, várias vezes por
dia como se ela não fizesse mais nada. *O que ele é... é desprovido de afeto. Quando você volta de Recife?* Relia aquelas palavras
da memória parecendo ouvi-la, a nitidez absurda, uma aluci-
nação auditiva criando uma angústia insuportável, e esbarrou
num homem gordo de óculos, no passo 4.

— Perdão.

O homem não ouviu, já seguindo na calçada, e Otávio ro-
dopiou desequilibrado na rua, para retomar o passo e a direção.
Qual direção? *Reformule os pontos.* O telefonema da filha levou-
-o à discussão com o filho há um mês, como se ali houvesse
fios a ser ligados. *Eu não quero fazer parte deste sistema corrupto
de que você faz parte. É golpe atrás de golpe. O Brasil está podre.*
E ele, estúpido – talvez Rachel tenha razão, *sem afeto* –, tentou explicar: *Filho, um país é feito de dinheiro*, e a reação agressiva e ofensiva, de uma intensidade nova, um pós-adolescente
no limite da histeria, vomitou uma sequência de ofensas, *Você
é um idiota imbecil, fica acreditando nessa justiça racista e seletiva
de merda que só quer criminalizar a esquerda progressista, é preciso parar o país e tirar esse golpista do governo e estatizar todo o
sistema bancário, democratizar o acesso universal à saúde e à educação, acabar com esses juros ladrões, bilhões do nosso dinheiro
jorrando na mão dos banqueiros, enquadrar essa imprensa im-
perialista filha da puta e fazer uma revolução total fuzilando os*

corruptos, e antes que, sob o estado de choque, ele pudesse rebater qualquer item daquela enumeração *de almanaque, é uma besteirada sem fim, Rachel!*, o filho saiu furioso batendo portas. Lembrou do seu parente Spinoza, *é o meu refúgio*, disse a Rachel, sorrindo assustado, e recitando a proposição 37 que ele sabia de cor e gostava de repetir, *não existem ideias inadequadas e confusas senão na medida em que são consideradas na sua relação com a alma singular de cada um.*

— O que está acontecendo com o Daniel?

— Nada. Você diz pra ele, que é só um menino idealista, que um país real é feito de dinheiro, que só tribos primitivas conseguem viver de sonhos e mitos, e queria que ele reagisse como um filósofo britânico? Você é incapaz de ver as pessoas diante de você. Aliás, sempre foi.

John Kenneth Galbraith concordaria comigo; o próprio Keynes concordaria comigo, ele pensou em rebater de novo agora, no meio da rua, indo para o trabalho. A única coisa que, de fato, une o banqueiro ao mendigo, que os coloca no mesmo barco mental, é o valor social do dinheiro – essa é a nossa liga realmente indestrutível. Quer dizer, dá para destruir, e o resultado é o que você estava vendo. Eu poderia dizer também: a primeira coisa que uma revolução jacobina faz é destruir o valor do dinheiro, o inimigo metafísico. A revolução soviética, ou a cubana, que você tanto ama, ou ainda esta merda da Venezuela, corroeram completamente o conceito de moeda, e logo a pequena, média e grande corrupção a reinventaram para uso secreto e corrente, um país real duplo sobrevivendo à sombra do falso, que está na vitrine. Quando o dinheiro é falso, tudo se corrompe. Não sobra nada. Só que eu não disse isso – há sempre uma sequência de axiomas, corolários, proposições e escólios que exigem a lentidão civilizada do passo a passo, e eu fui atropelado sutilmente pelo "aliás, sempre foi", que interrompeu minha cabeça como um *touché* irrecorrível. Mas não tive uma reação emocional – ainda não havia percebido o sentido secreto do "aliás, sempre foi". Aliás, sempre fui incapaz de ver as pessoas diante de mim. Tão evidente! – e ele parou um segundo no meio da rua, um desejo irritado de voltar àquele instante milimétrico e corrigir a si mesmo.

Então o que eu estava fazendo quando você sentou ao meu lado, no lugar que seria de Teresa, com um sorriso que era por si só um pedido de entrada na minha vida? *Eu não olhei intensamente para você? Para sempre?* Eu fui jogado para sempre no teu campo magnético – ele imaginou responder fazendo graça, veja que bela letra de uma canção brega de amor, e Rachel iria sorrir mais uma vez, com a mesma intensidade de 22 anos, 3 meses e 12 dias atrás.

Eu fui, de fato, um homem *amestrado* – e a extensão do que ele disse a si mesmo o fez parar mais uma vez antes de completar a travessia da rua, já no passo 27, o bonequinho verde piscando perigosamente enquanto uma fileira de automóveis e ônibus respirava à espera de quatro, três, dois segundos para arrancar, *estou parecendo um bêbado.* Tentou rastrear o processo: já naquela noite – *imantados pela paixão potencial,* vamos definir provisoriamente assim – eles saíram da conferência e foram jantar num restaurante italiano, disso ele lembra, de esquina (*Tanta memória, e você esqueceu até do nome,* uma vez ela acusou); e, ao final, Rachel demonstrou surpresa com aquele poder mágico de cálculo, corrigindo a nota do garçom – subtraindo-se a cerveja cobrada a mais são 97 mais 10% de serviço, o que, dividindo-se por dois, daria exatas 53 novas moedas (a gente se acostuma tão rápido com o nome do novo dinheiro que o nome antigo vira imediatamente antiquíssimo) e 35 centavos, mas *como você é minha convidada eu nem sei por que fiz essa conta,* e só dois ou três minutos depois o garçom atrapalhado confirmou na calculadora aquela operação simples de subtração, multiplicação e divisão, *o que você resolveu instantaneamente*. E, por puro exibicionismo, ele completou: e a raiz quadrada é dez vírgula três dois nove cinco seis nove e quebrados sem fim de uma dízima não periódica.

Que mulher resistiria a essa minha *atenção*? Como assim, não presto atenção nos outros?! Ele pisou enfim na calçada: passo 31, um número primo. *Era inacreditável o poder que ele tinha de fazer cálculos mentais instantâneos, milagres que brotavam do nada*, dizia o e-mail. *E eu acho que isso contaminou irreversivelmente a nossa vida.*

— Como é que você consegue?! *Decididamente* você precisa me dar aulas de economia! – e ela segurou a mão dele pela primeira vez na vida, para não largar mais *até ontem*. Ele recorda com nitidez daquele calor sobre seus dedos.

— Esquecemos da sobremesa.

— Não tem importância.

Começava o namoro. Desejou, mais uma vez, que Teresa o visse àquela mesa, diante de Rachel, feliz. Um pequeno ressentimento vingativo que produzia felicidade. *Veja, imbecil; esta mulher que eu descobri hoje é trezentas e sete vezes melhor, mais bonita, mais atraente e mais agradável que você.* Numa escala de felicitômetro, ele calculou, imóvel na rua – o prédio da Price & Savings estava a 42 passos dali, mas antes de subir para afinal começar seu dia excruciante era preciso encerrar este capítulo da memória para achar *onde estava o erro* – numa escala de felicidade aquele havia sido o ponto máximo, *antes mesmo que fizessem amor*, o que só aconteceu duas semanas depois naqueles tempos ainda relativamente castos (*Eu sempre fui tímido*, ele diria a Débora depois de pedirem o vinho, mas agora o tema era o talento para falar em público, *eu tenho certeza de que você é bom nisso, já vi dezenas de vezes você apresentar relatórios do momento econômico*).

— Como você aprendeu matemática?

— Eu não aprendi. – Ele estalou os dedos: — Aconteceu assim. Claro, depois deste ponto de partida milagroso, você tem de penar e estudar muito. Mas naqueles anos não se falava em, digamos, superdotados. Um acidente genético. A cabeça calcula; não eu. Nunca vi nada de especial nisso, nesse talento em que eu me refugiava, exceto a reação que provoca. Isso estragou uma parte da minha infância.

— A sua mãe...

— Não conheci minha mãe. Fui criado por uma tia, irmã do meu pai. Também lembro pouco dela, uma figura vaga na lembrança de criança – criei a imagem a partir do que meu pai dizia dela. Depois, convivi com uma sucessão interminável de mulheres e falsas mães. Meu pai me usava como isca. Elas ficavam emocionadas com aquele pai solteiro carinhoso, o menino engraçadinho com roupa de marinheiro (*Não, isso inventei agora*, e ela riu; *é que meu pai usava muito a expressão "só falta uma roupa de marinheiro" que eu nunca soube bem o que significava, mas que era uma cereja do bolo*), precisando de uma boa mulher para cuidar dele, aquele partidão ali dando sopa, o filhote gênio que fazia contas de cabeça. As mulheres duravam semanas, às vezes poucos dias, às vezes meses, até que o inferno se instaurasse, o que era tão certo quanto o sol nascer. Às vezes eu tinha vontade de avisá-las em segredo: *vocês não vão aguentar; fujam enquanto é tempo.* Você quer mesmo ouvir essa história?

Ela tocou de novo a mão dele, ele sentiu novamente o breve calor.

— Eu adoro história de família. Nasci e cresci numa tribo.

— Acho que estou usando a técnica do meu pai para conquistar você. Não é minha culpa. É o ácido ribonucleico.

Ela deu uma risada e tirou a mão instintivamente, mas ele agarrou-a no ar. Trançaram os dedos. O restaurante vazio, alguém começou a levantar cadeiras sobre as mesas, uma barulheira ostensiva. O sinal para que saíssem logo dali. Mas era como se estivessem na lua.

— Otávio, em quem você votou?

— No FHC, é claro. - Arrependeu-se do tom. Acrescentou, apertando um pouco mais os dedos de Rachel: — A criação da URV foi uma obra-prima de engenharia econômica. — Sentiu-se como quem explica o óbvio para alunos aplicados, mas mesmo pressentindo a inadequação foi adiante. — Se o pacote inteiro do Plano Real for bem implantado e se sustentar politicamente, terá sido a maior revolução estrutural do país em muitas décadas.

A imediata percepção de que falou demais. O silêncio - ainda sob a aura positiva do sorriso mútuo, já passando sutilmente à arena da provocação entre amigos - só foi quebrado por pancadas de cadeiras sobre mesas, a *Blitzkrieg* de funcionários determinados avançando rápido em direção a eles com baldes na mão. Ele arriscou:

— E você? Em quem votou?

— No Lula, é claro.

Riram, e não largaram as mãos. Os olhos de Otávio se concentraram na capa da revista na banca próxima, faltam trinta passos redondos para a fachada marmórea do capitalismo triunfante (e ele pensou em sepulturas e capelas mortuárias suntuosas do Sky Business Center II, que abrigava lá no alto os três andares da Price & Savings, de onde provavelmente seria despedido em breve) - CHAPA DILMA-TEMER NA GUILHOTINA -, a cabeça de Dilma já no chão, o sorriso de escárnio e de vingança, a de Temer ainda presa na base, olhos esbugalhados aflitos na lâmina caindo acima, e ele admirou o talento do cartunista, os traços irresistíveis, comprar a revista para ler o que eu já sei? Desviou dois passos (esses não contam, ele contabilizou, *despesa operacional*), pegou um exemplar da pilha e entrou na banca, até o balcãozinho atulhado de tralhas, atrás do qual se escondia um senhor cansado. Ainda indeciso, leu a chamada para um editorial de primeira página, "*O país está nu*", e enfim tirou a carteira do bolso. Estou só ganhando tempo. *Você vai mesmo se separar da mãe?* – a pergunta ressoou de novo arrastando-o para o desconhecido, enquanto ele folheava a revista sem se deter em nada. Tentou entender: *se eu não alucinei, havia um tom aflito na minha filha, mas, debaixo dele, um toque de excitação pela novidade, quem sabe alguma coisa boa: a vida muda. Ela é só uma criança.*

— E então, pai? Você mataria um mandarim?

Eu mataria a minha mulher? É pouco provável, calculando todas as variáveis. De caso pensado – e ele parou, avaliando com alguma frieza a hipótese – jamais, não, nunca. A única possibilidade seria um gesto de violenta emoção, num momento de ofensas mútuas insuportáveis, um gesto errático numa discussão alucinada, uma faca surgida do acaso, uma cadeira na cabeça, um empurrão único sob azares intangíveis resultando num baque inacreditável na nuca e um silêncio eterno. *Mas não foi minha intenção, senhores jurados*, ele diria, réu e advogado, ou talvez no outro lado do balcão, um severo juiz de peruca num seriado da BBC. Não vale, diria a figura em meu nome: o ato de matar exige *intenção*, o *querer*, exige *vontade*, ele frisaria, convincente, exige a passagem quase imperceptível, mas de qualquer forma nítida como o brilho fugaz de uma fina lâmina de uma faca, entre a inação e o gesto definitivo, entre o não e o sim, uma escolha breve, implacável, sem retorno. No meu caso, sou tão vítima quanto a vítima. Um empurrão ao pé de uma escada, o tropeço, os braços girando para trás como as asas de um beija-flor em busca de um apoio agora impossível, e a queda milimetricamente calculada, o encontro do vórtice com o vértice do quinto degrau, na altura exata do 1,72 metro da mulher em diagonal – e a morte. Ele projetaria um slide com os pontilhados da sequência geométrica, até o breve afundamento da nuca, fotograma por fotograma, a força inelutável da gravidade deslocando progressivamente o eixo humano de apoio, Rachel inclinando-se lenta para trás, com todas as leis da física a favor da morte limpa, intocada por digitais humanas.

— Não, filha. Eu não mataria um mandarim para ficar rico. E você?

Alice olhou para o alto, de onde pendia sobre a mesa uma delicada luminária em negro simulando um telhado japonês de papel e bambu. Ela transformou a pergunta num jogo:

— Hmm... deixa eu pensar se eu mataria um mandarim num estalo de dedos. Bem, quem sabe? Eu nunca vi o gajo, ele está lá no outro lado do mundo, e eu sei que jamais seria descoberta. Por que não?

— Essa é a verdadeira pergunta difícil, filha. Por que não? Pense bem.

— Eu não disse ainda que *não* mataria. Estou pensando.

Pensou no que havia escrito duas horas antes no relatório diário, automático como um zumbi (*a qualquer momento vão me chamar para me demitir*, ele pensava já quase como um desejo), diante dos indicadores econômicos do monitor, a memória de Rachel misturando-se com *o pragmatismo bruto da vida* (ele pensou na frase): *O mercado espera com cautela o andamento da reforma da Previdência.* Idade mínima: sessenta e cinco anos para todos? Sessenta e cinco para homens, sessenta e dois para mulheres? Cada mudança milimétrica aqui afeta os indicadores acolá; o país depende deste cálculo; os clientes querem saber do destino da renda fixa, que tem a ver com a baixa dos juros, as decisões do Supremo, a corrupção mundial da Odebrecht, e ele percebeu enfim o estranho vazio na sala, o que está acontecendo? Assustou-se com a voz de Débora atrás dele: *Você não soube?* Ele girou a cadeira e viu a colega a cinco metros dele, pernas cruzadas e um ar de fim de expediente, isso às dez da manhã. Como uma colegial, ela aproveitou o inusitado vazio entre eles – todos na sala do cafezinho, um jeito esquisito de feriado, há alguma coisa fora do prumo no ar – e disparou a cadeira de rodinhas em sua direção, segurando-se, numa freada engraçada, na mesa próxima dele, quase derrubando um grampeador e uma pilha de envelopes. Deu uma risada: *sempre quis fazer isso, mas é coisa de menino!* Ele fixou os olhos nela como numa rede de segurança, e sorriu – e percebeu mais uma vez a misteriosa semelhança entre Débora e sua mulher, alguns traços fortes em comum, o cabelo, a linha do queixo, como se fossem parentes próximas, a linha imaginária que une a tribo da família. Alguém uma vez lhe disse que os homens que se separam procuram imediatamente uma mulher semelhante à anterior, mas corrigida aqui e ali, em busca da perfeição, como um pintor refazendo o quadro ponto a ponto até coincidir a ideia com o objeto, o que é naturalmente impossível. *Já os homens que não se separam têm inclinações zen-budistas e percebem a imbatível inutilidade das ações humanas, concentrando-se pois apenas na imobilidade transcendental do Ser, buscando a comunhão perene com a natureza das coisas, das quais a esposa será parte integrante como as nuvens, os sonhos e a conta do condomínio.* Todos riram – era engraçado aquilo, o tom do Esteves fazendo piadas com as frases longas de quem escreve enquanto fala. E justamente Débora disse, com sua graça feminina: *E as mulheres? Que tal inverter o ponto de vista? O tal do lugar da fala?* Por que me lembrei disso agora? Débora diante de mim, e não consigo escapar da imagem de fuga do meu instante presente: saio de um barco indócil, balouçante, e estico a perna para a boia mais próxima, que também balança ao vento – é difícil viver sozinho. *Para você, as pessoas são apenas sombras que aquecem*, disse-lhe Rachel há alguns anos, num dos primeiros momentos em que ele percebeu, concreta, a passagem do tempo. E relembrou a frase impactante de Rachel no notebook poucas horas antes: *Eu acho que nós temos de nos separar simultaneamente*, uma frase que (talvez o maior impacto), inexplicável, não se dirigia a ele. Abdicar da vida sexual! – que liberdade maravilhosa! Mas agora a ideia lhe pareceu tola. *O meu marido é um homem desprovido de afeto*, ele releu mentalmente. *Parece viver numa campânula de vidro. Eu quero sair daqui, o quanto antes. Será melhor para os filhos.* Débora tocou de leve seu ombro, como para acordá-lo:

— Você não soube de nada? Perdeu o telefone? Não amanheceu ainda?

Num gesto gentil, permitido apenas a colegas próximos que se conhecem há uma década, ela ajeitou com um sorriso a sua gravata completamente frouxa e torta, e olhou para ele como para um animal exótico e simpático, e por um segundo confuso, as duas mãos como pinças delicadas no seu pescoço, quase lhe tocando o queixo, a empatia daquele segundo o agradou: sim, sou um animal exótico e simpático, o que sexualmente pode funcionar com a mesma força atrativa de um perfume. Colocou a mão no bolso do paletó e tirou dali o telefone emudecido, ainda sem entender, e a luz se fez, com as manchetes em sequência, *Presidente e vice-presidente da Price & Savings são levados para a Polícia Federal em condução coercitiva.*

— Não. Acho que não, pai. Não mataria. Acho que o Daniel tem razão. Eu sou uma medrosa. Ontem ele me chamou de burguesinha.

— E você ficou braba?

— Não. Eu até achei engraçado aquele jeitão furioso dele. Está deixando a barba crescer, mas não tem muita ainda. Eu acho legal. Parece o Bob Dylan quando era novinho, aqueles caras antigos.

O pai sorriu – acho que é o primeiro sorriso do dia, ele calculou, *eu amanheci com a testa franzida e ainda não relaxei* – e o sorriso deixou a filha alegre; ele sentiu que ela estava especialmente feliz por partilhar aquele almoço com o pai, *era quase um encontro clandestino, um momento cúmplice em que, na separação familiar, escolhemos inimigos e aliados*, ele imaginou, mas logo descartou a ideia, *estou me comportando como um adolescente*. Uma discreta tensão permanecia, *talvez mais na minha cabeça*, o eco do "vocês vão se separar?", que a filha não repetiu justamente para não estragar o momento, ele concluiu, um refúgio afetivo que a fazia sentir-se adulta.

— Filha, voltando ao coitado do mandarim: não matar não é jamais sinal de medo.

— Sim, claro, eu sei. Pai, a ideia do livro é só um jogo! É claro que eu não vou matar mandarim nenhum. – E emendou em seguida, na impaciência de quem queria chegar ao assunto realmente importante: — Eu acho que eu quero fazer vestibular para letras. A mãe achou legal, mas disse que não dá dinheiro, *só para eu saber.* – Imitou o jeito de Rachel: — *Siga sempre o teu coração. Que tal fazer o curso de direito? Eu acho que você leva jeito.*

O pai sentiu uma pontada aguda.

— E o que você respondeu?

— Que prefiro letras. Acho que é mais divertido. Ou história, que é legal também. Estou ainda na dúvida. – Olhou para ele, que não conseguiu disfarçar o suspiro de alívio. — Bem, você não quer que eu faça economia, certo?

Ele riu alto agora:

— Não não não, pelo amor de Deus, passe longe da economia!

O teu pai não tem coração, ela disse uma vez; *ele é uma máquina de calcular.* Isso porque ele havia repetido a frase do seu parente Spinoza, que lhe grudara na cabeça trinta anos antes: *Só o amor intelectual é eterno.* Não é *autoajuda*, brincou Rachel – o teu parente filósofo praticava *antiajuda. Você vai colocar isso no seu livro?* E ele disse: Não dá para ler meu parente do século XVII com a cabeça de hoje. São quadros mentais diferentes. A *Ética* é um livro com peso afetivo para mim, uma leitura da adolescência, descobrindo a razão implacável, o poder devastador da lógica. Se você concorda com as premissas, as conclusões serão matematicamente inexoráveis como o destino. E ela: *Só um livro assim mesmo para provocar um sentimento afetivo em você.* E eles riram.

— Pai, você está rindo sozinho. Você está com a cabeça na Conchinchina, procurando um mandarim para matar. E então? Devo seguir meu coração?

Mas o garçom depositou uma travessa de ferro com um *teppanyaki* fumegante diante deles, decorado com nove camarões, indivisíveis equanimemente por dois: *um terço para mim, dois terços para minha filha*, que sorria diante do prato maravilhoso.

O cansaço – ou a tristeza – do homem da banca que lhe vendeu a revista lembrou-lhe o pai dos últimos tempos, a dura imagem que ele levou aos Estados Unidos para nunca mais refazer, os cabelos ralos, a postura sutil da desistência, a papada sob os olhos, faltando-lhe apenas a agudeza, as bicadas do olhar, a marca da irrisão; sentiu uma pequena epifania da memória no meio da calçada, um homem em busca de alguma coisa sólida a se agarrar antes de chegar ao trabalho, à demissão, ao divórcio, àquela fratura da manhã: *Por que, afinal, tenho de viver com o Espinhosa até o fim dos tempos? E você, o que me diz? Você não tem o mesmo sentimento com relação à Dorinha?* Ele lia as espantosas revelações de uma completa estranha – quem era essa mulher com quem ele se casou e que agora o chamava de *Espinhosa*, pelo sobrenome, como a um colega de escritório? Ela já estaria lá, ele tentou calcular, era mais um cálculo que um sentimento, *não sentimentalize ou você será destruído de vez,* quando saíram do restaurante há vinte e dois anos e, num gesto quase ao acaso, se tocaram e se abraçaram como se começassem pelo fim, *o destino é a felicidade, mas nós já começamos felizes, a felicidade foi o princípio, não o fim, não havia mais espaço para subir, nós não cabíamos em nós* (ela achou graça da imagem, que parecia ocupar lugar no espaço), *no mundo afetivo começamos sempre do ponto mais alto, é ele que nos leva adiante; o resto é um esforço impossível de manter a mesma altura original para sempre.* Você vai colocar isso na sua matemática da vida? Diga lá, Kelvin Oliva!

— Não, obviamente não; pelo menos não nesses termos.

Por que você não assina com seu próprio nome?, perguntou-lhe o editor. Esse livro tem tudo para ser um sucesso. Está todo mundo atrás de uma boa orientação. O título é irresistível: *A matemática da vida*. A divisão dos capítulos está muito boa, os títulos perfeitos. "Liberte-se pelo sentimento" é sensacional: está todo mundo atrás de uma chave dessas. "A opressão da ordem" é instigante; estimula nosso espírito de anarquia na medida exata para que não se perca o chão. Em tempos cínicos, ofereça uma rosa – e o editor deu uma gargalhada do próprio achado.

— Por favor, vamos manter o pseudônimo. Segredo absoluto. Ninguém pode saber quem é Kelvin Oliva. Foi uma aposta, uma brincadeira que fiz com a minha mulher.

Através dela que ele chegou ao editor. O escritório de advocacia havia defendido a editora num caso de biografia não autorizada de uma atriz, uma derrota ainda sob a lei antiga que deprimiu Rachel, todos os livros recolhidos, *esse país é uma merda, um juiz analfabeto, imbecil, leia aqui a sentença desse idiota. Vou recorrer, mas sei que vamos perder novamente.* O editor jantou com eles uma noite e, um ano depois, o contato foi útil: Rachel revirou as gavetas e encontrou o cartão, *Mauro B. Lomb*, editor, o logotipo de uma estantezinha, endereço, telefone, e ela própria marcou o encontro, *deixe que eu cuido disso*, assumindo o papel de agente. *O meu marido tem um projeto*, ele ouviu ela dizer ao telefone. *Mas é confidencial.*

— Sinceramente, eu não entendo por que você não quer assinar o livro com o próprio nome. Estou com uma intuição boa.

A intuição era boa, mas o adiantamento foi ridículo: três mil reais. Dividiu imediatamente pelo dólar do dia, 1,1612, o que dava 2583 dólares e uma dízima não periódica, 534274..., e achou tudo muito pouco. A nota biográfica da orelha do livro dizia apenas que Kelvin Oliva era "filósofo", e mais nada.

Ele ficou preocupado: como assim, "filósofo"? Ponha aí que eu sou... eu sou o quê, mesmo? O editor riu. *Não é "você" que é filósofo. É o Kelvin Oliva, esse gênio da orientação existencial.* O editor olhou o teto, pensando: *Aliás, que boa expressão: "orientação existencial". Um upgrade sutil ao conceito bem mais vulgar de autoajuda. Vamos colocar isso na quarta capa:"orientação existencial".* Era a ideia de usurpação de um papel que o incomodava – *talvez pela memória de seu pai,* disse-lhe uma vez Rachel. *Pelo que você me contou dele, ele foi tudo na vida, exceto ele mesmo. Usurpava papéis sociais para não se enfrentar. Vivia de máscaras. Não seria isso?*

Sim, exatamente isso – mas ouvir a verdade seca e objetiva sobre seu pai dos lábios de outra pessoa o machucou. Pessoas afetivamente próximas nunca são definíveis em duas lapadas. Resta sempre um imenso território cinza inexplorado. Diante do editor, relendo a informação biográfica, *Kelvin Oliva é filósofo*, perguntou-se: o que diria Spinoza desta sua pretensão? Seis meses depois, o primeiro relatório de vendas: 13 822 livros vendidos, 132 cedidos para divulgação, 25 devolvidos, 81 inutilizados (o que será isso?). Somou os números automaticamente, 14 060, o que, somados os algarismos, dava 11, um número primo, o que vagamente lhe agradou, enquanto pensava se aquilo era um sucesso ou não.

— É claro que é! Treze mil exemplares em seis meses, no Brasil, é um best-seller! Você tem de escrever imediatamente *A matemática da vida II*! Podemos negociar um adiantamento melhor. Você descobriu um filão.

Parado na calçada – sentia uma estranha resistência a subir à Price & Savings, *estou dando voltas* – lembrou que uma única comissão do dia anterior representara (ele não havia esquecido o número, pela dízima periódica – 34 era o número do último apartamento de seu pai) 8,343434 vezes o que o editor lhe pagava pessoalmente com um cheque cruzado, que ele contemplou com os olhos fixados no número cabalístico da agência, 2222. Com o nascimento do filho, no ano seguinte, a vida se atropelou noutra direção; a Lomb Editora faliu em seguida (*Ninguém está pagando consignação, a distribuição do livro está estrangulada, as livrarias não existem mais*, reclamou o editor na última vez em que conversaram – *Vou dar outro rumo à minha vida*) e Kelvin Oliva restou apenas como uma brincadeira caseira. O que ele queria mesmo era publicar sua tese de doutorado, recusada por abandono – imaginava até o título na capa, *Os funcionários da Coroa*, uma análise econômica das corporações do funcionalismo público brasileiro e de seu poder excludente e dominante. *Mas no mundo acadêmico*, disse-lhe o antigo orientador quando se encontraram num café por acaso, *se você fica para trás, você simplesmente fica para trás, a ciência não para*, o que lhe soou como a expressão de uma arrogância cega e tranquila. A economia é realmente uma ciência? Existe ciência no mundo da cultura? Ou apenas escolhas culturais que se cristalizam em teorias? *O método, Espinhosa; o método. Há algumas réguas e regras científicas de princípio. Lavar as mãos antes de mexer com micróbios para não contaminar a lâmina. Considerar o mundo dos fatos antes de enfrentar as hipóteses. Só que você lida com massas humanas, não com elementos químicos estáveis. Lamentei muito o seu rompante, abandonando tudo.* Colocou a mão no ombro de Otávio, perscrutando seu terno, sua postura, a natureza de seu olhar, e a voz deixava transparecer a admiração: *Parece que você está indo muito bem na iniciativa privada, não?*

Parecia sincero, a consternação bem medida no rosto. *Você ainda tem aquela calculadora impressionante no cérebro?* O talento circence – todos, sempre, voltavam a ele com um sorriso admirado no rosto quando o viam. *O homem da raiz quadrada*, disse alguém, dando-lhe um tapinha nas costas. Houve um momento de silêncio, o orientador desconfortável por encontrá-lo, esforçando-se em ser gentil – onde foi aquilo, mesmo? – e na luta por se lembrar Espinhosa deu uma corridinha sinuosa até a entrada da Price & Savings, como quem atravessa a rua, entre carros, sob a chuva, e não uma simples calçada ao sol, cheia de gente apressada se cruzando como num jogo, *não toquei em ninguém.*

Antes de subir, era preciso recuperar a lógica do que estava acontecendo, *o vetor secreto deste dia,* ele imaginou. Agora sou eu que estou precisando de uma *orientação existencial.* O vetor é o pai, o início de tudo, um pastor americano lhe disse em Harvard, mas referia-se a Deus, e ele se espantou com a *frieza intelectual* do homem, algo tão diferente de sua memória de padres e pastores brasileiros, todos conspicuamente contaminados de arroubos emocionais, milagres, iluminações, transcendências, epifanias grotescas, o Cristo carnal da Idade Média, sangue, ferida, ossos, putrefação e renascimento. *A teologia,* disse-lhe o homem, *é uma ciência exata, desde que você aceite o pressuposto da fé.* Uma ciência exata como em Spinoza?, ele perguntou. *Eu não chegaria a tanto,* sorriu o pastor. *Aquela coisa determinista, inelutável, nos deixa a todos sem braços rolando na correnteza terrível. Spinoza leu Calvino, é claro.* Baixando a voz, o pastor voltou ao assunto pessoal que emergia daquela roda bizarra de estudantes interessados na relação entre teologia e matemática: *Mas fale-me de seu pai.* Não, ele não podia falar do pai, recém-chegado ao paraíso da academia americana: apenas há dois meses em Harvard, e recebe a notícia de que o velho tinha sido preso. *Ele quer que você venha visitá-lo,* disse-lhe um advogado ao telefone, numa *collect call,* que ele aceitou, já prevendo o pior, *talvez a morte do meu pai,* ele chegou a pensar, *e aquilo era quase um desejo que de algum lugar escuro se alojava na sua cabeça como uma sombra intocável.* Da adolescência em diante, tudo que se relacionava ao pai era fonte de angústia, ansiedade e depressão, sem as válvulas de escape afetivas que existem na infância, mesmo numa infância como a dele. O homem se apresentou como contratado pelo pai para defendê-lo. *Artigo 171, estelionato*, ele explicou, como quem lê as opções de um cardápio, e depois de um curto silêncio acrescentou *com reincidência*, o que levou à prisão sem chance de relaxamento imediato. Estranhou a tranquilidade do advogado: nenhum esforço para jurar a suposta inocência de seu cliente. Apenas os fatos. Ao fim, a informação que teria o toque de seu pai: *Ele não está bem de saúde. E há as despesas do processo*, o homem acrescentou, depois de uma pausa que o jovem Espinhosa julgou *estratégica*.

Sob o pórtico gigantesco do prédio em que a Price & Savings ocupava três andares, ou o "arco maravilhoso do capitalismo", como Débora brincou numa das manhãs em que chegaram ao mesmo tempo (e ele agora procurou-a instintivamente nas dezenas de pessoas que faziam fila nos guichês de identificação, quem sabe ela estivesse ali), ele se agarrou àquela *estratégia*, especulando se seria apenas o seu próprio álibi de filho, para evitar, naquele momento decisivo, *o meu futuro pela frente*, o desastre que seria um retorno ao Brasil, *desistir da minha vida pregressa*, e sorriu da imagem, que saía do mundo do crime concreto do pai e se fundia com o mundo do crime moral do filho.

— Quer que eu sirva você?

Ela pegou as varetas com uma animação infantil de uma menina diante de um novo jogo.

— Pai, eu não sou mais criança.

Ele lembrou do estranho telefonema do filho, uma hora antes, no escritório da Price, e temeu secretamente que ele também quisesse participar do almoço com a irmã, o que faria do encontro um tribunal desagradável. O que Rachel teria dito aos filhos? Um acontecimento tão anômalo – nos últimos dois anos, o filho jamais ligava para o pai –, que ele se afastou de Débora para responder com privacidade. Uma preocupação sincera:

— Aconteceu alguma coisa, Daniel?

— Vou participar da ocupação dos sem-teto, com um grupo da faculdade, que entrou em greve.

O "grupo da faculdade" deixou-o mais aliviado: tanto melhor. Era apenas o tom desafiador de sempre, mas ele imaginou reconhecer uma brevíssima sombra de consulta, quase um pedido de autorização, uma espécie de "o que você acha?" disfarçada – provavelmente, imaginou, a última vez na vida que esse fiapo de ligação ainda os uniria. Na verdade, o subtom remotamente submisso era uma estratégia, e Otávio lembrou de si mesmo trinta anos antes.

— Preciso de dinheiro.

Agora o tom de exigência esmagava o subtom de consulta, e, num *escape autista*, como Rachel uma vez o acusou (súbito isso lhe pareceu uma chave para entender este dia), imaginou se poderia calcular uma *curva de pressões intencionais* na voz das pessoas, um gráfico vivo no monitor, cada fonte de pressão com uma cor distinta: o pai, a mãe, a namorada, o líder, o rival, o professor, o amigo, a bebida, a notícia do jornal, a moral do filme, a letra da música, a polícia – e a vítima, um ponto asfixiado no centro, tentando respirar por conta própria. A três metros dele, Débora fitava-o com curiosidade irônica, e no encontro dos olhos ele especulava o que ela estaria imaginando; certamente não o telefonema de um filho, naquela manhã turbulenta; sendo Espinhosa quem era naquele banco, o mais provável é que ela figurasse a notícia de uma falência iminente, ou outra prisão *midiática*, como dizia o filho, ou a renúncia espetacular do ministro da Fazenda. Ou outro furacão Katrina devastando uma nova leva de hipotecas empacotadas ao vento com efeito cascata até a Conchinchina. Talvez (e ela iria conferir imediatamente na tela do celular) um confronto de rua com doze mortos, *para alegria esfuziante da esquerda carcerária*, como disse alguém no jornal sobre a morte de um militante. Débora teve um único filho, que morreu assassinado, até onde ele soubesse, e isso lhe soou como um reforço enigmático para a ligação imaginária entre eles, um fio invisível naquela manhã sombria, ela a rodeá-lo como quem tem um segredo: *À tarde precisamos conversar – vou trazer uma coisa para você ver.* Sustentou o olhar de Débora, sério, como se ele estivesse ouvindo não o discurso político do filho adolescente – *Vamos ocupar até a última resistência contra todas as reformas; um país não se faz com matemática! É preciso libertar a criação coletiva! –*, mas a súmula da ata da última reunião do Comitê de Política Monetária, baixando os juros em 0,75%. Ele ia retrucar, sentindo a agressão direta do filho: *o país não se faz com matemática, e você me pede dinheiro?* – mas mordeu o lábio: não é o momento.

— Fale com sua mãe. – Pensou em acrescentar: *Provavelmente eu serei demitido hoje.* Seria repetir o pai, *a sutil chantagem das pequenas emoções que movem o mundo*, ele releu mentalmente o trecho do capítulo 3 de *A matemática da vida*, *"O alçapão das emoções". Otávio, que bonito esse título! Parece um verso! "O alçapão das emoções!"* – e ganhou um beijo de Rachel. Escrever aquelas tolices foi uma felicidade: ele realmente se divertia com os achados. Não é tão difícil tocar as pessoas. Ela estava de fato entusiasmada pela obra que ela havia idealizado e que ele realizou: *Eu aposto que esse livro vai vender cem mil exemplares!* O matemático franziu a testa, pondo as variáveis em jogo como quem manipula malabares na esquina: *Jamais. A editora não tem prestígio nem capital; a distribuição será precária, quase amadora, com publicidade nula; a rede de livrarias de aeroporto (o Lomb que me disse), onde livros assim vendem em fornadas, está quebrada; Kelvin Oliva, o filósofo, não existe na internet, portanto não existe (mas não seria má ideia criar um perfil* fake*); autoajuda – ou "orientação existencial" – não atrai imprensa, pelo contrário; digamos, com sorte, que o livro vai vender sete ou oito mil exemplares, com uma capa chamativa.* Ele não gostou da capa, um amarelo berrante, letras enormes. Com muito esforço conseguiu convencer a editora a suprimir aquele subtítulo que lhe pareceu grotesco, "O cálculo da felicidade". *Você está conspirando contra o próprio livro*, disse-lhe Rachel. *As pessoas normais gostam de felicidade e da ideia de que ela pode ser calculada.*

Ela sabia do que falava: em apenas alguns anos como sócia do novo escritório, já levantara um patrimônio treze vírgula três dois sete vezes maior que o dele, no cálculo frio do imposto de renda. A maior parte investida em imóveis, que rendiam aluguel, que se multiplicava em fundos conservadores, alguns administrados por ele na Price & Savings, mas a maior parte por sólidos bancos tradicionais, os discretamente preferidos de Rachel, onde ela conseguia taxas quase tão boas quanto as da Price.

Ao comparar os impostos de renda, ele teve um estalo perturbador, que esqueceu em seguida e relembrou agora, como quem redescobre uma pista oculta: *A Rachel está ficando mesmo rica*. Ao seu lado, o Augusto sócio frutificava igualmente como no jardim do Éden, sem pecado original nenhum.

— Vocês dois também deveriam participar da luta social. Vamos precisar de mantimentos. Temos de resistir ao fascismo até o fim.

A sabedoria de um escoteiro, com a fúria de um jacobino: é preciso dar um tom épico ao ridículo nacional. A passagem incerta à vida adulta, o pé tateia a delicada ponte pênsil para lugar nenhum em busca de solidez. Sentiu a intensidade do olhar interrogativo de Débora, e sorriu em retorno, pensando em dizer *é apenas família, o de sempre*, como se fossem namorados se devendo explicações só para manter a aura próxima, e ele balançou a cabeça, *que absurda essa ideia*, e olhou de novo para Débora, que agora se concentrava nos monitores, sentada de improviso na cadeira dele, e achou-a bonita. Pensou em argumentar alguma coisa com o filho, *não há ruptura institucional nenhuma, você não está lutando contra os nazistas na Segunda Grande Guerra, é só o Brasil capenga e de merda de sempre em que tudo se mistura com tudo e o país está quebrado, cada dia sem aula é uma perda irreparável para quem precisa delas, o tempo é muito precioso, filho, é a única coisa realmente sólida que você tem*. O clássico estoque conservador: *tempo é dinheiro, já dizia Benjamin Franklin*, sua mulher repetia arremedando o marido, *quando é que esse menino vai botar a cabeça no lugar?* Ele desistiu de rebater o filho antes mesmo de abrir a boca. Tomar outra direção. *É preciso respeitá-lo*, dizia-lhe Rachel, o mantra que repetia sempre, um modo simples mas imperativo de não marcar posição e ficar bem no quadro, assumindo a mãe compreensiva. (Era como se um azedume espesso, reprimido contra a mulher – milhares de migalhas de tensão acumuladas ano a ano – começasse agora a retornar sobre ele.) A voz controladamente neutra:

— Filho, se é isso mesmo que você acha que deve fazer, cuide-se.

— E o dinheiro? Falar é fácil.

Sim, falar é fácil. Vá lutar por ele. Respirou fundo, a irritação roçando a garganta. *Guri idiota.* Débora percebeu que ele voltou a ficar sério, e a sobrancelha dela o acompanhou, severa, como uma brincadeira de espelho, e ele riu da pantomima. *Está realmente acontecendo alguma coisa. Ela quer me dizer alguma coisa.* Voltou a Daniel. Haveria um fio cultural hereditário entre o seu velho pai escroque e o seu filho revolucionário? Eu seria apenas o zinco antiferrugem da ligação genética, a garantir que a energia negativa se mantenha intacta de avô para neto.

— E o teu cartão de crédito? Já estourou?

Voto vencido, ele sempre defendeu que o limite do cartão dos filhos adolescentes fosse um salário mínimo, não mais – a vida real. É sempre bom um choque de realidade. *E eles têm tudo aqui em casa.* A mulher via de outra forma, num tom que o chocou: *Você é mesquinho.* Em outro momento, Rachel insinuou que ele apenas tentava repetir com os filhos o sofrimento de sua própria infância. Magoou-se em silêncio e esqueceu em seguida (talvez ela tivesse razão), mas agora aquilo voltou com a força de um soco.

— Estourou o limite. O cartão foi bloqueado. – Seguiu-se um silêncio curto, em que ele pressentiu de volta o tom canhestramente submisso do filho, que logo se debateu: — Não é o que você está pensando. Isso de que vou participar é educação política, pai, a mais importante de todas! Não quero dinheiro para comprar maconha, mas para resistir ao golpe e lutar por um mundo melhor!

Ele acredita mesmo nesse rosário? Lembrou de um velho professor de Harvard: *As palavras estão todas soltas no ar. É só recolhê-las e usá-las. Ninguém inventa nada.* Ele se referia aos métodos heterodoxos de combater a inflação. *Se falta dinheiro, injete dinheiro.* O professor fazia uma pausa, num breve suspense: *E depois saia de baixo.* A turma ria. Ouvia aquilo com atenção especial: na época, matutava se os ideários econômicos seriam leis universais, como as leis da física (obviamente não), ou se dependiam de ponderáveis e imponderáveis sociais e culturais (obviamente sim), o que ele tentou definir, no funil brasileiro, em *Os funcionários da Coroa*, a tese que lhe restou incompleta. Agora era o seu filho. Pensou em abrir o jogo: *Eu não sei o que será da Price & Savings e nem de mim mesmo. Estou sendo chutado pela sua mãe, que é amante do sócio, e serei demitido daqui, provavelmente ainda hoje. Não é um bom dia para você me pedir dinheiro* – mas achou excessivo, uma postura descompensada, uma covardia diante de uma criança, porque Daniel era uma criança. Sorriu de novo para Débora e, como se lhe devesse alguma explicação, cochichou cobrindo o celular, *é só o meu filho pedindo dinheiro*, o que ela certamente não ouviu porque alguém discutia em altos brados numa sala próxima, *o Leritta sabia disso!*, ele conseguiu ouvir – estava gostando daquela misteriosa eletricidade mútua que crescia entre eles sobre este navio avariado, dois náufragos desiguais, mas que não se abandonam. *Ao romper com uma mulher*, dizia o pai ao seu Mozart, *corra imediatamente atrás de outra. Evite o vazio.* Imaginou-se o personagem ridículo de uma cena de novela – *Seria Débora o final feliz de sua vida?* – e especulou se ela teria alguém; talvez, e sentiu uma agulhada de ansiedade, esse alguém fosse uma mulher, mas logo descartou a ideia: *sem evidências, caso encerrado.* Ia dizer novamente *Fale com sua mãe, que é ela a rica da família*, mas a ligação caiu, ou foi desligada.

A filha fechou os olhos e mastigou devagar o camarão que levou habilmente à boca com os pauzinhos japoneses.

— Hmm… isso é muito bom…

Exatamente o gesto, o tom e a inclinação da cabeça da mãe.

— Pai, você ainda não me disse – e ela foi levantando os dedos –, *um*, o que acha de eu fazer letras (ou história, o que você prefere?); *dois*, por que você não lê romances. Ah, e *três*: afinal, por que não matar o mandarim?

O bom humor da filha, o mau humor do filho: estamos na mão dos deuses, eles que mexem os cordões, como lhe disse Rachel há alguns anos – os gregos entendiam disso. Um deus para cada humor. Lucila não perguntou mais sobre a separação, e ele agradeceu a ela por isso – fluía uma espécie de acordo secreto entre pai e filha, ambos criando um casulo de proteção. O almoço em comum era um gesto mútuo de afeto, *duas inseguranças que se abraçam* – no seu livro havia um capítulo sobre o tema, "O amor dos inseguros", que o editor havia achado "um pouco sofisticado demais". *Simplifique isso*, e ele deu uma desbastada no texto, cortando aqui e ali e deixando as frases mais curtas. *Mas o nosso barco afunda e você vai almoçar com a filha?!*, sorriu Débora, quase que com a sombra de um ciúme, ele fantasiou. *Justamente por isso. Respirar outro ar por duas horas.* Sondou: *Você vai ficar por aqui? Eu queria...* Mas ela cortou: *Sim. Tenho uma surpresa pra você, eu já disse. Conversamos depois. Na verdade, tenho uma proposta*, e sorriu misteriosa. *Sobre um segredo seu.*

Ele mastigou o mexilhão sentindo o tempero múltiplo, picante, agridoce, e repetiu a expressão e o jeito da filha e da mãe, *hmm... isso é muito bom. A proposta*, um oásis na névoa, começava insidiosa a ocupar os espaços vazios de sua cabeça.

O segredo seria claramente uma brincadeira – *eu conheço a Débora*, imaginou ele, e a afirmação se desmontou no mesmo instante em que era formulada – eu não conheço nem a Rachel; eu não conheço ninguém. *A neta de um banqueiro que escreve poesias – tem alguma coisa errada ali*, alguém lhe disse no elevador, e ele havia achado graça.

— Vou começar pelo item dois: uma vez eu li um romance policial inglês e encontrei ao longo da narrativa treze designações de flores ou plantas, que fui anotando e decorei: faias, rosas, bétulas, bocas-de-leão, enêmonas, cravos, gêranios, celidôneas, crisântemos, gérberas, euforbiáceas (esse nome é lindo!), rododendros, acácias. De todas elas, eu só conheço mesmo a rosa e o cravo. Na verdade, o cravo eu só conheço de nome, por causa da musiquinha, *o cravo brigou com a rosa* etc. Para mim, seria suficiente dizer "flor", "planta" ou "árvore". Fiquei tão impressionado com a minha ignorância botânica que bloqueei a leitura de romances. Perde-se muito tempo com o que não tem importância.

A filha riu.

— Pai, você está me zoando. Só professor ou estudante lê anotando coisas. Ler é ler, simplesmente.

A história inventada tinha uma ponta de verdade: anos antes, quando por acaso comentou a obsessão com detalhes botânicos de um romance inglês com um escritor que lhe procurara em busca de orientação econômica, reteve uma parte da explicação, que naturalmente caiu, reducionista, nos males orgânicos do país e num colar de clichês: *Nós não desenvolvemos senso de observação. Vivemos no mundo da lua. Somos poetas, o que é um álibi maravilhoso para o fracasso.* O que, por sua vez, resvalou à área econômica: *Temos horror a evidências empíricas. E então? A renda fixa é uma boa opção no momento?*

Sorrindo, ele se serviu generosamente de pedaços de peixe, lulas, champignons, com o molho acebolado fumegante. Lutou por lembrar o nome de um vegetal de pernas longas que parecia um polvo magro, um tipo de champignon mais consistente aos dentes e cheio de sabores, mas o nome escapou para sempre e ele resvalou de novo à memória dos fragmentos deste dia difícil. Concentrou-se na filha, que fixava os olhos nele.

— Lucila, na verdade a gente lê bastante até os trinta anos. Dali para a frente, a profissão vai tomando conta e redirecionando tudo. Mas eu li *Crime e castigo*. E, mesmo sem ser professor ou estudante, anotava o nome dos personagens russos, cada um deles uma charada de letras. Nunca esqueci *Raskólnikov*. O que responde aos outros dois itens: sim, faça letras ou história. Sempre siga sua própria inclinação, em tudo, mas de tempos em tempos olhe em torno, para sentir como as coisas estão indo.

Percebeu que estava falando com a filha *como um pai*, com uma emoção contida e misteriosa, como alguém que encontra um breve refúgio afetivo, e imaginou que jamais havia sentido algo assim, desta forma: os traços do rosto de Lucila como que lhe pareciam novos, renascidos hoje – uma mulher repentinamente adulta, descolando-se da criança de ontem, um ser que em silêncio, fotograma a fotograma, troca a pele. *Espinhosa é um homem seco*, escreveu Rachel ao seu amante. *A vida é curta para eu secar junto com ele, ano a ano. Preciso – precisamos – resolver isso com urgência.* Com a angústia que lhe agulhou súbita, veio-lhe aos olhos a metáfora de Débora na página de seu livro de poemas, *Somos bambus inclinados ao vento, sólidos no chão*, alguma coisa assim que, à época, lhe pareceu tão tolinha.

— E, item três: não, não mate o mandarim, jamais.

Lucila sorriu, agora de novo a estampa de uma criança diante do jogo:

— E por quê? Eu acho que já sei a resposta, mas quero só conferir. Tudo bem: está na Bíblia, *não matarás!* - e ela repetiu num tom de caricatura teatral, engrossando a voz, *Não matarás!* — Mas eu queria uma razão pessoal, uma coisa forte, por conta própria, como se Deus não existisse. Isso é possível? Você tem essa razão?

Ele levou um choque com a pergunta, o pai diante de um fato absurdo: *a minha filha não é mais criança*. Resistiu ao desejo instantâneo de compará-la com Daniel, tão limitado nas fronteiras da teimosia, como alguém sob efeito de drogas, e o médico disse a Rachel, que arrastara o filho ao consultório, preocupada, *são só as "drogas"* – ele representou as aspas com os dedos – *orgânicas da passagem da adolescência, a alma fica maior que o corpo, tudo se descompensa. Não se preocupe*, acrescentou. *Meninos amadurecem mais tarde.* Num acesso de fúria aos treze anos, ele havia puxado a toalha posta para o almoço (voaram pratos, copos, travessas, talheres), numa reação a um desejo negado. Uma cena tão inacreditável que pai e mãe congelaram diante do pequeno monstro chutando aos gritos cacos no chão. *Isso não é normal*, ambos pensaram. O incidente os reaproximou (andavam distantes, cada um no seu mundo), e ele fez os cálculos: foi em dezembro de 2009 ou 2010; ele só lembra do mês por uma referência engraçada do médico, *todos enlouquecem em dezembro.*

— O meu pai teria puxado a cinta e lhe dado umas três ou quatro lapadas no lombo – disse Rachel, o que ele ouviu com espanto; parecia uma secreta acusação a ele, que diante do surto do filho apenas imobilizou-se à parede, à espera de que o menino voltasse por conta própria ao chão firme. *Pai louco, filho louco, e eu apenas a linha de transmissão.*

— Ele batia em você?

— Em mim, jamais, por ser mulher. Quando eu fazia alguma besteira, ele passava o serviço sujo para a minha mãe: *Dê um jeito nessa guria.* Ela fazia cara feia, me arrastava pelo braço de castigo no quarto e aliviava o clima assim que o pai estivesse longe. *Filha, não faça mais isso.* Já meus irmãos, os dois primeiros, esses sofreram. Eram outros tempos, educação rural. Depois o velho foi mudando. A vida foi amansando ele. E você? Apanhava?

— Não. Jamais. Fui um menino quase mimado. Quem tem coragem de bater em uma criança que sabe de um estalo a raiz quadrada de 2703?

— E qual é?

Ele franziu a testa.

— Cinquenta e cinco vírgula nove nove e uns trocados sem fim.

Meu Mozart! – e as namoradas do pai se encantavam. A técnica do velho era simples. Depois da demonstração, a moça tirando o casaco ainda sorrindo da minha genialidade, o tapinha nas costas: *Filho, não quer ver um filminho no shopping? Está passando* Aristogatas. *Convida o Bruno* – e ele imediatamente punha a mão no bolso e tirava de lá um maço de dinheiro, de onde saíam duas ou três notas generosas. Bruno era o vizinho da época, um pouco mais velho que eu. *O teu pai é rico, não?* – ele invejava a aparente liberdade que eu tinha. Mas eu vivia só dentro da minha cabeça. *Traços de autismo*, diríamos hoje, concluiu Rachel segurando a minha mão, como se eu ainda fosse aquele menino. Muitos anos depois da infância, teve de dizer ao advogado, naquela ligação a cobrar, o corpo inteiro retesado, e as pernas moles de medo do que estava dizendo: *Eu não posso ir ao Brasil agora. E também não tenho dinheiro para enviar.* Seguiu-se um silêncio abissal, e ele especulou se o pai não estaria ao lado do advogado, esperando a resposta. Ele não consegue lembrar se foi ele ou o advogado que desligou antes. Talvez tenha caído a ligação. Uma sensação dura, mas necessária. "O Hayek vai dar uma palestra amanhã", disse-lhe o colega de Massachussetts assim que ele se afastou do telefone. "Você sabia que hoje ele se considera mais filósofo que economista? O que ele diz", continuou o menino, completamente alheio à minha palidez, ao sentimento de náusea que me tomava o peito, "é que a liberdade individual, a nossa escolha, é o elemento que reequilibra a intrínseca irracionalidade social."

— O que você acha? – perguntou Débora assim que abriu a porta.

Ele avançou no escuro em passos lentos até a janela imensa que se abria no alto para o horizonte da cidade iluminada, a voz fazendo eco na sala completamente vazia.

— Vamos pensar em alguma coisa? – ela insistiu, diante do silêncio dele, e ele calculou a intensidade do duplo sentido, sem decifrar seu rosto, um recorte incerto contra a pouca luz.

Virou-se de costas para a janela e considerou a extensão do espaço da sala, adivinhando os limites nas sombras. Era quase que *fisicamente* um recomeço; o salão vazio acarpetado pareceu-lhe uma verdadeira *tabula rasa*, uma *tabula rasa* literal, apenas um chão, e pensou em dizer isso a Débora, de quem ele via apenas os dentes do sorriso, feliz por trazê-lo ali, aos seus domínios.

— Estava alugado, e vagou há alguns dias. Já que o barco da empresa está afundando, pensei em contratar Kelvin Oliva para um empreendimento comum.

Ele achou graça, mas o fio solto continuava na cabeça. É preciso arrancá-lo. *Estamos tão afastados um do outro*, escrevia Rachel ao seu amante, referindo-se ao marido, *que já é um ponto de não retorno. Sabe aquele momento em que você se pergunta: "o que eu estou fazendo aqui?!". Eu estou assim. Minha vida até esse instante foi um voo curto. Bonito, é verdade, com bons momentos, mas curto. Os filhos foram a cola de juntar pedaços. Superei meu instinto de rejeição (um filho é um intruso) e me entreguei a eles. Quase duas décadas! É muito. Mas eles já estão donos de si – daqui para a frente, não há nada mais a fazer, exceto deixar correr. Eu sinto que este é o momento. Você não sente o mesmo? Imagine: uma vida inteira nova. Só de pensar nisso, tremo de desejo da cabeça aos pés.*

Instinto de rejeição – talvez fosse por isso que ele pulava as respostas do Augusto: que me interessa o que ele pensa? Tenho de juntar os fios da minha vida, não da vida dele. É ela que é o ponto de contato. E aquele *tremo de desejo* ficou-lhe na cabeça, grotesco – de onde ela tirava aquela expressão ridícula, aquela cafonice? Talvez o desejo de transcendência, em busca de uma forma, que ela desgraçadamente não tem, e a ideia mesquinha lhe deu uma paz vingativa e momentânea.

— E então? Por que *não* matar o mandarim? Assim, pai, me dê a razão mais seca. Sem Bíblia no meio.

Saboreava o camarão, de olhos fechados, e os abriu de repente diante da imagem criada pela filha. De onde ela tirava isso? Se há pai, há Bíblia, ele pensou em lhe dizer, de brincadeira, ressoando alguma coisa que ouviu de seu próprio pai, milênios atrás. Mas pai e Bíblia nunca são brincadeiras. As meninas são mesmo mais inteligentes que os meninos? *Eu não tenho nenhuma dúvida*, disse Débora com um sorriso. *Os homens vivem em linha reta, o que é profundamente limitante. A histórica passividade feminina é uma arma poderosa de percepção silenciosa da realidade. Sabem mais e percebem mais porque são instintivamente mais receptivas. Milênios e milênios de braços abertos* – ela inclinou a cabeça e abriu os braços como uma santa de igreja, rindo, e seguiu-se uma discussão acalorada. *Eu não acho*, respondeu Rachel com alguma rispidez, largando os talheres, como se fosse um homem ferido. Ele achou engraçado (na verdade, estranho) o jeito de Rachel naquele "jantar da firma" em que levou a mulher. *Como é que você aguenta essa tropa de bancários?* – ela perguntou logo após as despedidas gentis, e ele sentiu um choque. Nunca reclamei de sua tropa de advogados. Em comum com a minha vida profissional, só as gravatas. Eu já deveria estar percebendo os sinais. Viver em linha reta dá nisso. *Quem é essa Débora? Aquele narizinho empinado de quem está cheirando merda o tempo todo.* Nada indicava que seria uma ruptura assim, lendo e-mails num monitor de notebook, e imaginou o rosto de Augusto como um mandarim chinês. Decepá-lo com um golpe de uma adaga brilhante, a morte acompanhada de um grito selvagem e libertador. A imagem em câmara lenta, o sangue explodindo, a cabeça rompida virando-se devagar com os olhos ainda nos olhos dele num último lampejo, *por que eu?*

— Pai, você está rindo sozinho de novo. Terra chamando!

Agora ele riu com ela:

— Estou pensando no mandarim. Meu parente Spinoza dizia: o contentamento íntimo é o objeto supremo de nossa esperança. Não é uma ideia verdadeira?

A menina pensou um pouco.

— Acho que sim. Todo mundo quer ser feliz. E a gente pode ser feliz matando o mandarim? – Ela brincou: — Pai, se você liberar, vou ficar rica e feliz com um estalo de dedos! Estou esperando. Confio em você!

Ele admirou a habilidade da filha com os pauzinhos japoneses recolhendo um pedaço suculento de peixe e levando-o à boca. Onde eles aprendem isso? Não sou capaz de dobrar um papel em dois. Um homem desajeitado. *Os gênios são assim*, consolou-o Rachel com um beijo, há quinze anos, quando ele quebrou o encaixe de um liquidificador tentando montá-lo. A felicidade da menina era visível – o prazer do jogo e do afeto –, e pela primeira vez naquele dia pesado Espinhosa se sentiu bem, quase livre. *Adoro minha filha*, ele pensou, e ao mesmo tempo imaginou se o sentimento não seria apenas uma defesa num mau momento.

— Mas, como dizia meu parente, apenas a razão pode fornecer este contentamento íntimo. Não basta o "pai" autorizar, seja quem for esse pai, o velho barbudo lá no céu ou este paizão aqui. Quando você entra no mundo da razão, o pai perde o seu sentido a priori. – Ele suspendeu o garfo a meio caminho, para dar mais ênfase à pergunta, olhos na filha. — Há uma boa razão para matar o mandarim, além do dinheiro?

— O Daniel me disse que a gente devia matar todos os banqueiros. Bem, aí não é pelo dinheiro; é para acabar com o dinheiro. Pelo bem da humanidade, ele disse, e falava sério – e ela riu. — Meu irmão é doidinho.

É a mim que ele quer matar, ele quase disse, mas ficou quieto – apenas acompanhou o riso da filha. *Essa idiotice é o máximo que meu filho alcança em justiça social?*

— Lucila, aqui no Brasil, na verdade, em qualquer país emergente – ele acrescentou, e se sentiu diante de um cliente de setenta anos a quem tem de explicar algum princípio elementar dos fundos de investimento –, o único efeito de matar os banqueiros seria um aumento imediato, talvez brutal, da taxa de juros, a queda também violenta da bolsa, a imediata valorização do ouro como ativo financeiro, e uma imensa especulação com o dólar, talvez com a quebra de alguns fundos hedge. Mas acho que nem isso. – Ele parou para pensar a sério, como quem se vê diante de uma breve charada para crianças. — Provavelmente, sob a força dos conselhos administrativos, a reposição imediata dos banqueiros e a ação da polícia, tudo voltaria ao normal em poucos dias, com a classe média perdendo economias em fundos de renda fixa e alguns espertos e expertos (com x!) ficando mais ricos. O de sempre. É o dinheiro, não a política, que odeia o vácuo.

— Pai, tudo isso pra mim é grego.

Ele ia dizer *um dia você vai entender*, mas achou melhor não acrescentar nada. A filha parou de mastigar, com uma expressão intrigada (mas ainda com uma ponta de bom humor), e sustentou o olhar nos olhos dele, como quem procura as palavras exatas antes de falar. *Ela quer fazer a pergunta que justificou este encontro – "vocês vão se separar?" –, mas teme minha resposta. O instante presente está muito bom; por que romper a aura tranquila? Ela quer suspender o tempo. Na verdade, ela deseja secretamente a separação, porque imagina que isso vai lhe dar mais poder e independência.*

— O que foi, filha? Ainda pensando no mandarim?

Ela demorou um tantinho a responder, olhos nele, que o pai leu com nitidez: *Toco no assunto ou esqueço?*

— Não, não. Eu jamais mataria o mandarim. Pai, era só uma brincadeira, é claro. – Riu alto agora, sacudiu a cabeça e voltou ao *teppanyaki*. — Umas caraminholas que eu pensei.

Você sabe o que uma mulher realizada como eu quer aos quarenta e sete anos? Sim, você, aos quarenta anos, sabe. Eu não sabia ainda. O fio solto, deixado ali para que ele lesse e arrancasse. Diante da fila de segurança – há anos subindo este prédio e todos os dias sou investigado, anotado, conferido e autorizado, RG 743586, total 33, o que é um número leve e simpático, inteiro tríade, o sorriso da funcionária, bonitinha como telefonista de filme antigo espetando cabos e ouvindo conversa, *Bom dia, dr. Espinhosa*, e lhe estende a ficha magnética que vai liberar a catraca e os portais dos oito elevadores sem botões, encaixe o cartão no *slot* que a máquina te leva exatamente para onde você deve ir, nem mais, nem menos, a segurança é o maior negócio do mundo contemporâneo, e ele matutou se isso seria mesmo verdade, o maior negócio? *Pergunte ao google*, alguém lhe dizia sempre no café, *é o nosso Grande Irmão, tudo sabe, tudo ouve, tudo vê, estamos fodidos, cara, somos um piolho na engrenagem*, e lá ia o funcionário negociar na Bolsa, três monitores na frente, a sanha contida de um jogador frio, *eu não perco a cabeça porque o dinheiro não é meu, todo gerente de banco se fode quando sai pro mundo real e tem de lidar com o próprio dinheiro. O meu negócio é só uma comissãozinha.* A máquina do mundo é o dinheiro, mas, se você não moraliza este fato elementar, se você não o empapuça de cristianismo, ele deixa de ser tão terrível; é apenas uma tecnologia que nos deu um salto de qualidade em todos os aspectos da sobrevivência – capítulo 4 de *A matemática da vida*, claro que sem a referência aos cristãos, as pessoas andam sensíveis. *O modo como Kelvin Oliva fala de dinheiro chega a ser poético*, sorriu Débora, e Espinhosa contemplou a filha catando um anel de lula, pauzinhos obedientes, com delicada perícia.

O jovem colega cedeu-lhe lugar diante da catraca, com um gesto reverente e bem-humorado, e foi uma gentileza assim, há alguns anos, que pela primeira vez lhe deu a sensação íntima de passagem do tempo, estou envelhecendo e me transformando num *senhor respeitável*, tudo que ele sempre quis ser, desde que desembarcou nos Estados Unidos para o seu grande destino, Harvard, quem diria, o filho bastardo de uma total desconhecida e de um bufão desonesto, agora preso – o silêncio do telefonema, o advogado não entendendo o gelo que ouvia, frio, cortante, desde o outro hemisfério sobre o ruído de uma má ligação, se estendeu por semanas, meses: enfim, um homem livre. Mas o mundo ainda parecia grande demais para ele. Olhos e ouvidos atentos no Sanders Theatre diante dos monstros da economia, percebeu, como um choque, que lhe era insuficiente extrair a raiz quadrada de memória ou somar de estalo números assombrosos. *Vocês precisam entender que a economia é uma ciência humana, não uma ramificação da física ou da química*: ele gravou esta frase na cabeça, já não lembra de quem, e começou a mudar o foco de seus estudos. A joia de seu tesouro intelectual seria *Os funcionários da Coroa*, a tese que lhe ocorreu de estalo assim que voltou à realidade brasileira.

— E então? O homem cai ou não cai? – perguntou o menino assim que passaram pela catraca, olhos na capa da revista que ele trazia à mão. Era aquele tom curiosamente neutro dos operadores de mercado, apenas um jogo de probabilidades, *o sonho do vazio ideológico*, como uma vez lhe disse Josuel, o único negro com quem ele trabalhou no Brasil, *tataraneto de africanos escravizados de Benin*, dizia ele com um sorriso, um estudante brilhante que acabou por enveredar para as ciências humanas e dali para a atividade acadêmica, defensor das cotas raciais, *Às quais, aliás, você não recorreu*, o chefe lhe disse quase num tom de acusação, numa discussão bem-humorada, o humor inseguro funcionando como amortecimento do tema, sempre discretamente indócil na roda de brancos. *Espinhosa, a verdade é que não sabemos o que fazer com a questão racial, a brutalidade das estatísticas e a nossa cordialidade perpétua*, e ao ouvir aquilo ele parou o cafezinho no meio imaginando o que Spinoza diria disso, a condição humana não tem cor mas passa pelo corredor polonês da história? Não, naquele tempo ainda não havia a percepção da história, o mundo ainda estava imóvel, pronto para ser simplesmente descoberto, mapeado e eternizado, o poder da *substância*, que é incolor. *Você acha que a economia é a mesma ciência para os pretos e para os brancos? Sempre que tem uma funcionária nova na portaria do prédio da Pride & Savings*, brincava ele, *minha catraca demora mais a liberar; é a lei da relatividade aplicada à cor das pessoas*, e ele sorria diante do elevador, balançando a cabeça, que

Otávio interpretava mais como um espanto diante das curiosidades do mundo do que um ressentimento pela injustiça perpétua. Diplomou-se com uma tese sobre o comércio de escravos. *Descobri que um antepassado meu comprou a liberdade. Acho que é por isso que enveredei pela economia. O dinheiro é tudo. Ou quase tudo.* Mais tarde, apertando-lhe a mão na despedida da Price & Savings, disse-lhe que foi a matemática das estatísticas que o empurrou para as ciências humanas. *A estatística não engana.* Lembra de ter passado a ele *Os funcionários da Coroa*, e imaginou uma boa interlocução, mas o agora professor fez uma leitura apenas fria: *Espinhosa, sem a máquina do Estado, nada se resolve. Você ficou na superfície, no exagero cartorial, que se resolve com algumas penadas.* Ele retrucou: *Só me diga: por que, para enfrentar a questão racial brasileira, devo levar junto no pacote a Petrobrás, o* BNDES, *a Justiça do Trabalho, o imposto compulsório dos sindicatos e toda a monstruosidade estatal brasileira? A questão racial – e todas as outras – depende de capitanias corporativas de Estado para se equacionar e resolver?*

— Pois é o que o Brasil todo quer saber, se o homem cai ou não cai – e eles riram diante do elevador, acompanhados por sorrisos dos vizinhos de espera. O país paralisado, e ao mesmo tempo misteriosamente indo adiante, nenhuma jornada de indignação em lugar nenhum, só as concentrações de profissionais do protesto, ele pensou em dizer só para puxar conversa, e o colega baixou a voz:

— Sim, porque parece que *nós* já caímos – e Espinhosa não entendeu, momentaneamente distraído, olhos nas pernas de uma mulher bonita, a saia um pouco acima dos joelhos, *abdicar da vida sexual*, e a porta do elevador da direita se abriu em seguida ao *plim!* indicativo, o fio sempre solto na cabeça, um dia de cabeça para baixo. Ele contou pelos pés, eram vinte e duas, mais os seus dois sapatos somavam doze pessoas, *carga máxima dezesseis pessoas*, e numa girada de olhos ao se recolocar

no elevador, face para a porta, calculou sete caucasianos, ele próprio arbitrariamente autoincluído, um oriental (*Você sabe distinguir um japonês de um coreano e de um chinês? Eu sei*, alguém se vangloriou e, levando-se a sério, desfiou um roteiro de besteiras comparativas) e quatro miscigenados, um deles claramente indígena, quem sabe boliviano, o que ele especulou ao acaso de uma figura colorida desenhada na gravata, *as cores, talvez.
E você também*, diria Rachel, *esse teu beicinho judaico-árabe-africano, sabe-se lá de onde veio, alguém pulou a cerca na tua árvore genealógica.* Mas você também, ele repetiu rindo no mesmo tom, mineira ariana não existe, é uma *contradictio in terminis* – amava o rosto de Rachel, desde o impacto da sua presença no auditório ocupando para sempre a ausência bruta de Teresa, os lábios carnudinhos, e os olhos, principalmente os olhos, e também os cabelos, lisos, espessos, negros, e mais o modelo de beijo (e ela riu quando ele disse *modelo de beijo*, e beijou-o, *você é engraçado*, e ele ouviu a sombra do pai, *faça uma mulher rir*), e dali ao sexo, e para mudar de assunto mental, a tensão no peito, o vazio na boca do estômago, as pernas moles, o estreitamento da garganta, respirou fundo e concentrou-se na porta do elevador se fechando e de novo se abrindo porque entrou correndo uma japonesinha esbaforida e sorridente com um casaco amarelo que brilhou intensamente naquele cubículo inoxidável em preto, branco, grafite e cinza – e Rachel disse uma vez *Você é tímido*, o que era verdade. Eu nunca tive mãe, ele respondeu – isso intimida. E ela riu, *o que tem a ver uma coisa com outra?!*

— Pai – e ele imaginou, pelo tom severo da voz, que agora, finalmente, sua filha iria perguntar sobre a iminência do divórcio e suas trágicas consequências. Ela largou os hashis cuidadosamente ao lado do prato e olhou nos olhos do pai *com um fundo de sorriso na alma ainda vindo à tona*, ele pressentiu, e portanto o assunto é outro, ele calculou, ainda tenso – os filhos são fortíssimos, *não se pode mais matá-los como nos tempos da Bíblia*, brincou alguém desajeitado ao café, e a roda afundou-se num silêncio soturno, e ele emendou, gaguejando, *o que não se pode mais é brincar, foderam com o mundo.* — Você não tem mesmo nenhuma ideia de quem foi sua mãe? A minha avó? Eu tenho uma curiosidade tão grande! Você não? É como matar um mandarim. Assim, na memória.

Os adolescentes testam os sistemas lógicos de todas as formas até acabar a bateria, disse-lhe Rachel uma vez, diante da irritante insistência de Daniel sobre uma bobagem qualquer que quase o enlouqueceu num café da manhã, encerrado com uma pancada na mesa (a disparada do dólar e o desabamento das ações da Sound Steel no dia anterior – um erro primário de prognóstico que ele cometeu – foram a razão secreta daquela explosão, *ele havia errado e pessoas iriam pagar por isso*, que enfim silenciou o filho, olhos assustados diante do monstro). – São retóricos instantâneos: pensou, falou.

Era difícil relembrar a primeira infância, e ele ainda se imaginava muito distante da morte para rever o início da vida e tentar lhe dar algum sentido, importância, glamour ou pedigree. *Quem descende de Spinoza não precisa de mãe*, uma vez ele brincou com Rachel, mas ele não brincou com a filha, olhos enormes à espera.

— Você *nunca* fala da minha avó.

— Filha, eu tive muitas mães.

— Quem tem muitas mães não tem nenhuma.

Pensou, falou. Espinhosa sorriu: os olhos da menina brilhavam – ela pressentiu que tinha dito algo importante, ou inteligente, e era como se isso compensasse a falta de uma avó.

— Uma só chegava, pai.

Como se a culpa fosse dele. *Minha mãe morreu quando eu nasci*, era a frase que encerrava o assunto, desde que ele começou a ser gente e a implacável competição infantil exigia dele uma explicação – uma frase tão boa que chegava a ser vantajosa na luta das espécies, ele era um *órfão de mãe, e com aquele pai,* uma vez ele entreouviu o sussurro compreensivo. Muitas mãos na cabeça, ele é tão bonitinho. E um gênio: vinte e sete vezes treze igual a 351, num estalo. Como ele consegue? *Meu Mozart!*

A frase da filha era quase um eco da estocada de Teresa, vinte anos antes: *Tantas mães, e nenhuma. Você descobriu o incesto perfeito, sempre atrás da mãe.* O sexo com Teresa era tenso, intenso, pesado: um estado perpétuo de competição, quase que física. *Eu jamais vou ficar à sombra de um homem.* E ele queria dominá-la, um clima de jogo que não era bem um jogo – uma única vez que fosse, queria sentir nela um gesto de alguma entrega verdadeira, *o estado de fusão,* uma vez ele brincou. Gostava de penetrá-la por trás, prendê-la com braços e pernas, os lentíssimos movimentos até um gozo que sempre lhe parecia solitário. Ela fechava os olhos, esmagada sob ele, a boca entreaberta, um fio de baba, que ele imaginava feliz. E no entanto era muito bom: o desejo de testar outra vez para ver se chegariam ao *estado de fusão.* Nunca: a respiração voltava ao normal rapidamente, a solidão reinstalava-se, e uma cortina inquebrável de gelo descia entre eles. A *fusão* só veio com Rachel. Que agora se vai. *Abdicar da vida sexual.* Imaginou um capítulo extra ao livro de Kelvin Oliva. *Transcender o sexo.* Transformar a matemática da vida num manual do monge do Tibete. Aparentemente, uma comunhão tranquila com a natureza, integrar-se à suavidade do vento, mas na verdade seria uma vida puramente mental, sem a corrosão atravancada e espinhenta dos fatos e das pessoas reais. Uma vida abstrata, algébrica. *Do instante em que acorda ao momento em que dorme, Otávio é um homem completamente autocentrado. É só a dor dele que importa. Não sei por que entro em tantos detalhes com você, querido Augusto. Nossa química começou aos poucos, quase como uma terapia, e a proximidade do trabalho foi nos aproximando – nenhum homem jamais me ouviu como você me ouve. Vamos nos ver hoje?*

Ali estava a sua filha, que num breve surto afetivo lhe pareceu o único fio emocional que restava a ligá-lo com sua própria vida, a sucessão dos seus dias, uma *síntese física*, ele especulou, mas a vivacidade da menina o arrastou para fora outra vez, sorridente:

— Todas as histórias de família são da mãe, aquele monte de tios, as histórias de Minas, que eu já sei de cor e salteado, o doce de abóbora, o tio Jônatas, que ficou lelé da cabeça, a priminha Down com problema de coração, o Enéas que se elegeu vereador e morreu atropelado, aquele vizinho da família do Carlos Drummond em Itabira que vivia mostrando a foto de infância com o poeta, as férias da mãe no hotel mal-assombrado em Araxá, o irmão do avô que amputou o braço na guerra em Monte Castelo, e a bisa que fugiu de casa pra casar e só voltou cinquenta anos depois, e o vovô plantado na frente da televisão até o fim na vida depois que vendeu a fazenda, comprou um apartamento e perdeu o resto no confisco do Collor. Ouvi trezentas vezes essas histórias. Mas e a tua família, pai? Você fala tão pouco do avô que eu não conheci e de quem praticamente não existe nem fotografia, só aquela em que ele aparece sorridente com a boina de pintor e a dedicatória meio apagada a uma tal de Lucy. É ela a minha avó? É daí que veio meu nome? Do jeito que você faz mistério, parece que minha vó nem existiu. Eu só tenho antepassados do lado da mãe. Pai, você veio do nada!?

— Você conhece a anedota do Joãozinho, que teve de escrever uma redação sobre o fato de que só temos uma mãe?

— Sei, sei... você sempre conta essa mesma piada! Você está desviando do assunto. Não tem nada a ver!

Eles riram: falar da avó inexistente era uma espécie de jogo entre eles. Otávio não resistiu a repetir mais uma vez:

— Mas é mesmo engraçada. "Filho, traga duas cocas geladas!" O menino abre a geladeira e diz: "Mãe, só tem uma!". É um exercício de lógica, filha.

A menina largou novamente os hashis, repreensiva, mas feliz por assumir esse papel, aprendiz de adulta:

— Você conta a piada, mas não fala da mãe. Mãe, só tem uma, exceto no seu caso, que não tem nenhuma. Pai, prometa que você não vai ficar como esses velhinhos que repetem sempre as mesmas histórias!... Parece o pai da Samantha. Cada vez que eu vou lá ele conta de novo que saiu de casa para trabalhar aos quinze anos, aos trinta já tinha patrimônio e um casal de filhos, e aos quarenta deu um apartamento de presente aos pais – que, só por orgulho, não aceitaram. A Samantha morre de vergonha. Parece que ele quer que a filha se arranque e se junte com o primeiro que aparecer. Você vai ser assim também?

Ele achou graça.

— Você também já me contou essa história do pai da Samantha várias vezes. Deve ser genético, filha.

Ela ficou vermelha, e escondeu o rosto nas mãos, só os dedos abertos para a passagem do olhar:

— É mesmo?

Pensou em explicar que o tal pai da Samantha, o velho Lévis, tinha sido processado e preso por fraude bancária, mas naqueles bons tempos ainda ficou com uma boa parte do butim e relatos pitorescos para contar aos filhos. A vergonha de Samantha era outra, não partilhada. *A moralidade burguesa desse país de classe média de merda*, vociferou Daniel depois de mais uma discussão por aumento de mesada; jogou os talheres na mesa e saiu da sala batendo pés e portas pela enésima vez. Ele fitou a mulher, mudo, em busca de socorro, mas não entreviu apoio. *Ela já estava longe de mim. Você só consegue ver o próprio filho como uma caricatura – e ele se ressente disso,* disse-lhe Rachel, didaticamente, como a um estudante teimoso. *Faz parte da formação dele. Você nunca foi assim? Nunca bateu porta? Nunca se revoltou?*

Era praticamente uma acusação, e ele, defensivo, pensou a respeito. Não, nunca me revoltei – só me revoltei a sete mil quilômetros de distância, quando me recusei a voltar ao Brasil para cuidar do pai preso, e, pouco mais tarde, a ir a seu enterro. Eu nem sei onde ele está. Mas do que tenho de me defender? Acho que desde criança fui um homem do sistema, alguém que se educou já no clima dos anos 80, Reagan, Thatcher, a virada conservadora depois que o balaio das jovens serpentes dos anos 60 e 70 já tinha sido aberto para sempre, ele disse a Débora tarde da noite, ambos deitados nus sobre o cobertor improvisado – ele imaginando o letreiro luminoso que ela havia sugerido a sério, *"A matemática da vida: Orientação existencial".* A ideia começava a lhe parecer atraente, *mas sem o letreiro luminoso, por favor,* e Débora riu. *Tudo bem. Sem o letreiro luminoso.* Uma banqueira como ela – ou uma boa herdeira – entende mais de dinheiro do que um ex-economista brilhante, decadente e sem rumo como eu.

Sentiu o aroma doce da *cannabis,* que Débora sorvia de olhos fechados, a fumaça subindo lenta em volteios abstratos. Uma sensação de volta no tempo. *Você não quer mesmo um tapa? Um verdadeiro liberal, um liberal moderno, não se preocuparia com isso.* Ele riu da provocação. *Sim, desde que a lei permitisse.* A voz sussurrada fazia um breve eco no espaço vazio. *Cada tragada de maconha alimenta um traficante que alimenta um ponto de venda que alimenta um craqueiro que alimenta o pequeno assalto que alimenta o grande crime. O que é um assalto diante de ser dono de um banco?*, *perguntou o poeta. Matamos o mandarim?* Mas nada disso ele disse, apenas entregando-se ao relaxamento do corpo *post coitum. É engraçada essa expressão*, ele comentou com Rachel, depois de ler o trecho de uma peça de defesa num crime passional. *Post coitum*: o súbito nada, a suspensão, o entorpecimento. O teto da sala vazia era uma tela onde eles viam faixas de uma claridade trêmula que subia em reflexos da cidade, cortados pelas espirais preguiçosas da fumaça. A visão das sombras se movendo acalmava-o. Eu queria me integrar, ser aceito pelas pessoas e pelo mundo, de acordo com as regras das pessoas e do mundo – exatamente o contrário do meu pai, que passou a vida procurando em tudo e em todos a brecha por onde pudesse escapar ileso. *Ele sempre me deixou em pânico. Eu não largaria Harvard para atendê-lo na cadeia.* O advogado não telefonou mais. E eu acordava todas as manhãs imaginando: ele vai ligar hoje. Pior: talvez o pai solte as algemas e desembarque no aeroporto de Boston para cobrar pessoalmente minha indiferença, *depois de uma vida inteira cuidando de você*, ele iria dizer, a voz comovida e comovente. *Não estou cobrando nada, meu filho.* Cada aula no anfiteatro parecia a última – e ele não se sentia mais o Mozart da infância. A economia não é um espaço de autodemonstração matemática (*qualquer ábaco tira a raiz quadrada de 7295*, disse-lhe um colega ressentido diante de sua absurda habilidade) *e nem um instrumento de refundação da condição humana*, frisava o velho Kidnnell de dedo em riste, com um Adam Smith sebento caindo-lhe do bolso do paletó – é uma rede social sutil, frágil, quebradiça, cujo ponto de equilíbrio, que parece simples e que jamais se atinge perfeitamente, é o pareamento entre confiança e lastro. Voltava ao quadro-negro com um volteio dramático, giz à mão, um toque de Einstein na cabeleira. *Pensemos na taxa de juros segundo Keynes e sua relação com a quantidade de moeda na praça. Que variáveis estão em jogo aqui?*

A japonesinha de casaco amarelo sorriu para ele encolhendo-se tímida enquanto o elevador se fechava e ele pensou (num desdobramento que não lhe pareceu absurdo) em Kelly, antiga colega do mestrado, a mulata que uma vez confessou à mesa do bar da faculdade (discussão marcante que ele agora relembrava como um eco tenso a Josuel, uma discussão que por anos a fio parecia não lhe dizer respeito mas da qual ele não conseguia se livrar, o secreto temor de ofender como a sombra de um pecado original, *a marca de Caim do homem branco*, disse-lhe alguém, aparentemente branco como ele, não pense que você pode se livrar dela, cada branco que anda por uma rua brasileira tem uma dívida secular que, mais dia menos dia, será cobrada, são humilhados, ofendidos, torturados e mortos demais para que desapareçam, não há onde ocultá-los mais) – confessou que não sentia desejo nenhum de submeter sua vida à pauta da mitologia de sua raça, como uma nova escravidão, agora mental e exclusivista. Meu pai é branco, minha mãe é preta. E daí? Somos pessoas, não entidades étnicas num álbum de figurinhas. Meu tataravô foi escravo, você é meu amigo, meu vizinho é racista. E daí? Devo voltar à lógica tribal e vingar os antepassados para todo o sempre? Retornar às maldições primitivas do destino? Esquecer Nietzsche e Bach e me converter ao candomblé? Não tenho e não quero ter religião, e não sou de me enturmar. Por conta própria, um judeu não pode deixar de ser judeu? Um índio é um índio eterno? Um japonês está condenado a ser japonês? A pele decide por mim? Que porra é um brasileiro? E o que ele tem de ser? O fim da trilha é novamente a tribo? Todos custamos tanto para sair de lá e vamos voltar a ela? Estão querendo importar a lei da única gota de sangue negro, que aqui não tem sentido nenhum – nosso racismo é de outra natureza; como tudo aqui, é um racismo analógico, não digital. Não quero ter uma missão racial na vida.

A amiga abraçou-a:

— Neguinha, você não vai jamais conseguir essa independência metafísica; essa coisa de condição humana universal só funciona mesmo com branco; parodiando Ortega y Gasset, *yo soy yo y mi color.*

— Pois sou bicolor, e não quero ter missão nenhuma, não quero ser instrumento de nada. Fodam-se. Quero ficar sozinha, escolher meu caminho.

Que feio uma menina bonita falar assim!, alguém brincou, súbito no silêncio, e Kelly suspirou e ergueu as mãos e se entregou, com uma risada irônica: *Principalmente se for pretinha como eu. Já já me chamam para lavar a louça!* – e eles sorriram, um tanto tensos diante da autobrincadeira, *qual o limite, qual a fronteira, o que a cor permite dizer e quem tem o direito de dizê-lo? Se eu não posso falar também por você*, disse um branco da roda, revoga-se a condição humana. O tema interessava: *Você realmente não acha a ação afirmativa uma boa política historicamente compensatória?*, ele ia perguntar, pensando na experiência americana que ele havia vivido de perto, mas a conversa tomou outro rumo.

Porque nós já caímos – ele saiu do elevador com esta frase renascida em segundo plano, momentaneamente incerto de onde ela vinha à sua cabeça e qual o sentido, que lhe pareceu bíblico, mas de alguma forma adequada ao seu momento: a imagem quase que o acalmava. A entrada no seu andar da Price & Savings deu-lhe uma sensação boa, um apoio esquisito num momento de vertigem, a segurança da rotina, a imponência das portas de vidro e a elegância do logotipo, *de certa forma, somos especiais*, disse-lhe o chefe ao café com um discreto toque sublime na voz, acreditando no que dizia. A rotina: ele sabia o que ia fazer nas próximas horas, o seu trabalho burocrático muito aquém de seu imenso potencial desperdiçado, mas aqui ele não precisava pensar, e ainda com a breve felicidade de encontrar a filha para o almoço bem neste dia crucial, uma válvula de escape, um respiro, ele gostava especialmente de sua filha pelos mistérios do afeto familiar, sabe-se lá por que algumas pessoas nos tranquilizam mais do que outras – *eu vou me distrair um pouco*, decidiu ele, enquanto agradecia ao jovem e respeitoso colega de elevador e de trabalho que gentilmente lhe abriu a porta imensa para lhe ceder passagem, quando então ele lembrou do que havia ouvido depois das catracas, *O homem cai ou não cai?*, sim, foi ele que disse, eu entendi mal, *porque nós já caímos*.

Ele avançou para a sua mesa como se não quisesse chegar a ela, inventando um labirinto de cadeiras e mesas naquele imenso espaço aberto de monitores a que ele reduziu sua vida, como uma criança que brinca com a geometria do espaço e transfigura os objetos para lhes dar transcendência. Para quem já teve uma sala com placa na porta, aceitar aquela vala comum, disse ele a Rachel, há três anos – era para ser uma autobrincadeira, mas a voz deixava escapar uma nesga de ressentimento. *A mesa ainda é grande?*, perguntou a mulher, talvez sem ironia e sem erguer os olhos do computador, e ele respondeu *sim, sim, é uma mesona com três monitores*, percebendo-se ridiculamente sério na resposta, um homem que fala se defendendo de acusações que ninguém fez, mas a mulher já pensava longe, em tudo ao mesmo tempo, *Otávio, nós vamos precisar de mais uma diarista, ou melhor, uma mensalista com carteira assinada.* Tirou os olhos da tela do computador: está difícil para mim. Já ouviu falar da dupla jornada das mulheres? Para mim é tripla, quádrupla. E as crianças têm de ter a vida delas. O meu trabalho está crescendo muito. Uma advogada *importante*, foi o que ele leu nos olhos dela naquele momento (*a Rachel é brilhante*, disse-lhe Augusto num jantar, com a alegria, ou um orgulho, que só um marido apaixonado é capaz de sentir, ele lembrou agora, e sentiu a angústia de um deslocamento que começava a se tornar irreversível, *isso está doendo*, e sentiu as pernas moles, de novo a pressão no peito) – começava ali a nossa distância, imaginou ele diante da interminável parede envidraçada que dava para a cidade com a alta perspectiva de um imperador e da qual ele sempre mantinha uma distância de um metro, temendo a queda imaginária: vinte e sete andares.

Agora não teve medo – passou pelo labirinto de mesas e encostou a ponta dos pés no vidro ligeiramente fumê, *à prova de tudo*, disse-lhe alguém: *vamos que um terrorista arremesse um helicóptero contra nós*, e ele pensou em encostar a ponta do seu nariz judeu ao vidro, como uma criança, *Meu Mozart*, respirando no vidro para embaçá-lo e ali desenhar um pequeno sol.

Mas você acredita que este vidro resiste a alguma coisa, tão transparente assim? É transparente só de dentro para fora; de fora para dentro é um espelho escuro e indevassável, brincou alguém, e Otávio imaginou-se finalmente se inclinando sobre Débora na mesa de trabalho para comê-la, uma imagem mental tão concreta e repentina que alterou seu batimento cardíaco, alguém flagrado em crime diante da cidade inteira, os seios despontando na blusa agora aberta, computadores e papéis ao chão, nenhuma palavra, só os gestos, a cintura de Débora firme nas suas mãos, *alguém de um helicóptero poderia nos ver? Seríamos metralhados?* A conversa avançou para os prédios de Chicago, os mais bonitos do mundo, insistiu alguém que viveu lá, *é realmente impressionante,* e de Chicago para as torres de Nova York, *aqui no Brasil pelo menos não temos terrorismo,* e alguém frisou, severo, *por enquanto, por enquanto.* Soprou no vidro, tentando se lembrar quanto tempo fazia isso, essa conversa solta sobre prédios, janelas, transparência e terror, dois, cinco anos? – e fez um pequeno desenho sem sentido com a unha, linhas retas desencontradas, *preciso sair daqui, mudar de vida,* e sentiu a vergonha prévia ante a simples ideia de que alguém o visse desenhando riscos de criança sobre o vidro embaçado, há alguma coisa idiota no meu talento com números. Mas a sala estava estranhamente vazia e silenciosa. Transformou caprichosamente os rabiscos no número 983, um número primo, que em seguida escorreu desmanchando-se ao seu hálito – nunca esteve tão próximo do vidro, mas agora não sentiu a antiga ansiedade da altura, carros de brinquedo movendo-se lentos no fundo do poço, figurinhas sob a névoa suave. Estou ficando *maduro,* imaginou-se contando a alguém.

— A Price & Savings ainda não está sob intervenção – disse o homem, e os olhos dele procuraram Débora instintivamente no pequeno auditório para onde foram convocados, e ela, também instintivamente (ele imaginou), estaria procurando seus olhos na tensão daquele espaço. Todos por um fio – e alguém, com um sorriso sinistro, fez o gesto clássico de degola, dedo correndo sob o queixo. Imaginou dizer a ela, só para conversar, uma pequena piada: nunca fiquei tão feliz por não ter mais uma sala com o meu nome na porta. A corretora cresceu, e ele caiu discreto, recusando ofertas de participação – meu capital é só minha cabeça. É pouco. Agora sou apenas um pequeno e descartável estivador de números. *Nunca se entregue à autopiedade. Não seja idiota*, dizia-lhe o pai. *O mundo é grande.*

— O trabalho continua normalmente. A instituição não pode ser confundida com seus diretores. Hoje mesmo serão anunciados os novos nomes, e num breve surto ele se imaginou sendo chamado à frente, *meu Mozart!*, diria seu pai, *Otávio Espinhosa será o novo diretor-presidente neste período de transição em que se articula a absorção da corretora pelo Banco* – e ele acordou daquela imagem (imaginou-se telefonando a Rachel, nem orgulho mais seria, apenas um ato de ressentimento vingativo, *sou o novo diretor presidente da Price & Savings, sua filha da puta*, como se a cena fosse possível, um animal ativo e bufante debaixo deste terno, farejando a carne e o sangue do dia seguinte) com o toque de Débora no seu braço assim que saíram da sala, todos simulando tranquilidade (*eles vão demitir meio mundo*, ela cochichou), ovelhas que se movem num cercado subitamente estranho tentando passar pela porta estreita de volta aos monitores e às velhinhas assustadas, haverá pânico? Não, nenhum pânico, *o sistema é sólido*, lembrou alguém; trata-se apenas da agitação normal de todas as manhãs, e mais dois ou três figurões algemados no jornal do meio-dia, a indignação, os editoriais, pequenos focos de manifestantes, palavras de ordem, amarelo versus vermelho (*Como você pode trabalhar na podridão?*, perguntou-lhe o filho), o tédio de sempre, *a Price & Savings é muito maior do que isso*, os diretores agora reduzidos a um *isso*, o beiço do desprezo, e logo vão desaparecer na sequência interminável de escândalos – se já há um ex-governador de estado na cadeia, debaixo de uma dezena de processos e bilhões pelo ralo, quem vai se incomodar com doleiros anônimos da Price, propinas de porta de igreja, disse alguém. A gravação inequívoca, a mala de dinheiro, a garagem do próprio prédio, como alguém pode ser tão *burro*?! Mas o que eles estava comprando? *Estavam comprando o país, comprando o país!*, indignou-se alguém, na fronteira da fúria – e olhou para a xícara de café, como quem cai em si e desconfia ter se excedido entre colegas não confiáveis. *Tem a ver com aquele aditivo ao decreto das isenções fiscais. Aquilo custou caro.* Alguém suspirou — A questão é: ele vai falar? Espinhosa pensou curiosamente em tornozeleiras eletrônicas – é possível tomar banho com aquilo?, e imaginou-se com uma, erguendo lentamente a bainha da calça para Rachel, fazendo suspense, *veja o que eu ganhei hoje.*

— Do que você está rindo? – e ele percebeu o olhar intrigado de Débora, que não saía do seu lado. *Se você vai atacar uma mulher, se você está seguro de que é realmente isso que você quer, não trema; como os felinos, elas farejam o medo, e te trucidam,* disse-lhe o pai uma vez.

— Meu pai era um homem do século XX – ele respondeu. E, diante do sorriso intrigado dela, acrescentou: — Nada. Uma coisa que me ocorreu. – Suspirou, e mudou de assunto: — Então você acha mesmo que seremos todos rifados aqui?

— A verdade, filha, é que eu não sei praticamente nada da minha família, e menos ainda da minha mãe. – Ele não queria transmitir a depressão que, em golfadas, parecia querer derrubá-lo por todas as razões, exceto pela falta da mãe. — Mas veja o lado bom: é uma espécie de liberdade.

A menina pensou sobre o que ouvia: visivelmente ela achou aquela subversão interessante, e Espinhosa sorriu, admirando a beleza flutuante da filha, os traços do rosto adolescente como que mutantes ao mínimo gesto, inclinação, mudança de luz, cabelos e lábios, uma fotografia em lenta revelação sob a água: *A beleza é frágil, incerta, curta, apenas um sopro*, ele pensou em dizer a Débora, agora um perfil e um calor na penumbra, aninhados um no outro sob uma película de suor, e aquele estar ali pareceu-lhe uma catarse feliz, a expiação pelo sexo, de que ele, poucas horas antes, sonhara abdicar para todo o sempre, e sorriu: não prevejo um minuto adiante da minha vida e quero saber a curva dos juros de fevereiro de 2022. A umidade do sexo; a importância absoluta das mãos; o transporte da textura, e os olhos fechados; os lábios, e o beijo, e outro, e mais um, e outro ainda; o tenso desfazer das roupas, enquanto se equilibram apenas pelo olhar, ele vagamente assombrado pelo medo do fracasso, ela tranquila, de olhos abertos, avançando incertos passo a passo, a corda esticada sobre o desconhecido; a penetração e o espírito do esquecimento; o descontrole medido, o fantasma da violência, a percepção da ansiedade, a repetição controlada; o egoísmo brutal, partilhado; a sombra da melancolia; o transe – *nada é matemático aqui*, ela disse, sem tirar os olhos da cidade escura, como se lesse a cabeça dele; *não pense, Kelvin Oliva*, quando ele carinhosamente tocou-a diante da janela e sentiu nas mãos mais uma vez a sua cintura e a aura arisca da intimidade física. Há um ano, um colega perguntou: *Você vai encontrar a herdeira?* – e havia tantos duplos sentidos na pergunta que ele gaguejou para responder o que era tão simples: *Sim, um jantar de amigos.* A Débora é mesmo tão rica assim?, perguntou-lhe Rachel naquele retorno desagradável para casa, com um tom implícito de descrença que esvaziasse qualquer fresta de interesse na colega do marido. *Do nada, ela farejou uma inimiga,* ele pensou. Escutou a voz do pai: *mulheres são felinos.* Respondeu automaticamente: Não sei, acho que sim. O pai é banqueiro. E só uma hora depois, ou um ano mais tarde, ou enfim nu com ela no chão de um andar vazio e sem luz depois de se *amarem* (ele pensou um instante na delicadeza descritiva da expressão, *fazer amor*, uma receita que se segue no balcão da cozinha, dois jovens atrapalhados, com fome, muitos ingredientes em conflito – o que exatamente aconteceu aqui?), juntava os cacos sugestivos da pergunta agressiva.

— Bem – e Lucila sorriu, tornando-se ainda mais leve e bonita com a simples ideia –, *a gente* podia fazer uma investigação e descobrir quem foi minha avó! Contratar um detetive! Seria o contrário de matar um mandarim! Ressuscitar alguém!

Talvez ela estivesse com o roteiro de um belo filme nos olhos, que brilhavam. Talvez imaginasse uma velhinha simpática perdida numa cidadezinha do interior de São Paulo, ansiosa por recuperar o filho que misteriosamente se foi há mais de cinquenta anos. Talvez roubado de uma maternidade, ele fantasiou – uma entrevista na televisão domingo à noite, o país inteiro parado diante dos olhos aguados da velha senhora, *eu só quero o meu filho de volta.* É totalmente inverossímil, ele pensou em dizer à filha, como se a imagem da hipótese salvadora viesse dela – meu pai jamais roubaria uma criança; muito mais provável que se livrasse delas pelo caminho. A vida lhe era urgente demais para ele cuidar de pirralhos cagões e chorões (a expressão voltava-lhe cristalina cinquenta anos depois, *cagões e chorões*, o que ele dizia com um sorriso maroto nos lábios, *é só uma piada, meu filho, você não é assim, meu Mozart*, enquanto lhe dava tapinhas na cabeça privilegiada, quanto dá 37 vezes 252? Ele respondia o número exato com a rapidez de um bem treinado macaquinho à espera de recompensa, *e era como João e Maria na jaula, presos na casa da bruxa no fundo da floresta, esticando o dedinho para a velha conferir se já estariam gordos o suficiente para o abate.*

Seu filho ficava sempre impressionado com a cena, e ele tinha de contar várias vezes a mesma história até que Daniel enfim dormisse. O menino resistia ao sono, abrindo os olhos de novo: *E a bruxa nunca desconfiou que ele mostrava um gravetinho em vez do dedo?* Lucila respondia por ele: *É que ela era meio ceguinha, seu tonto.* Isso foi depois, mais velhos, nas provocações de infância. *Mas eles mentiam*, teimava Daniel. A noção de injustiça: é preciso mentir para sobreviver, uma vez ele disse, para encerrar logo o assunto, meninos são especialmente chatos. E, como se os dez anos seguintes de vida se concentrassem num segundo apenas, apenas um fotograma do tempo, o filho dava-lhe o troco: *Essa vida de merda que você leva é uma mentira. Não quero fazer parte deste lixo* – e outra porta batida. *Adolescentes são assim*, disse Rachel – *acostume-se. Eles são idealistas*, ela completou, sem ênfase, como quem relata um fato simples e neutro, *o copo é de vidro*, e mudou de assunto. A palavra doeu-lhe: o que faço de mim, que não sou *idealista*? E ele viveu um novo surto de angústia diante da filha só por lembrar, *eles são idealistas*, o cardápio das sobremesas diante dele que ele lia sem ler. Aquele pequeno idiota é um *idealista*. A bruxa deveria tê-los matado na jaula, sem perder tempo com dedinhos gordos, para dar um toque direto de realidade ao mundo, cagões e chorões, diga lá, meu Mozart, qual o fatorial de nove? *Trezentos e sessenta e dois mil, oitocentos e oitenta.*

É uma coisa meio patética um homem feito como você reclamar de falta de afeto, disse-lhe Teresa em uma de suas sempre tensas conversas após o sexo. — Você não vê o mundo em volta? Essa espiral medonha de injustiças brutais, irrecorríveis e irreversíveis? Onde quer que você meta os olhos, o inferno espreita. Pense no porteiro do prédio, na vida de merda que ele leva, a mulher inválida em casa, o filho na cadeia. Veja o garçom, solícito, curvado, recolhendo o troco, andando quatro horas de ônibus por dia, em pé, para chegar aqui e ser gentil com você. Aquele zumbi do crack pedindo dinheiro na esquina e sorrindo como uma ameba, praticamente buscando a morte para se livrar da única coisa que ele ainda tem, que é a respiração? A velha na fila do hospital, o menino currado pelo padrasto, o travesti retalhado à navalha. A menina suicida por *bullying*, o mulato preso por engano, lesado na cabeça por uma coronhada, sem julgamento há dois anos? Nos índios mortos, e mortos, e mortos, e mortos – aliás, tudo isso aqui era deles. Você calcula esses juros? A morte prescreve? O olho mais uma vez roxo da esposa, a garotinha de batom subindo no caminhão, a bala perdida na cabeça do atleta promissor, a carótida cortada por uma bicicleta, o filminho da chupada jogado na rede entre risadinhas. *E você quer desenterrar um afeto do fundo do coração, dr. Espinhosa, o tataraneto do filósofo.* Teresa dizia-lhe isso nua, sem ironia, depois de fazerem, digamos, *amor*, e ele imaginou-se respondendo a ela (o que nunca fez – o sexo com Teresa paralisava-o, fechava-o num casulo inexpugnável, *por favor, o silêncio*) que o afeto –

— Pai!? Ô, planeta Terra chamando novamente! Você desligou o motor?

Ele ergueu os olhos do cardápio para a filha, e riu:

— Estava me concentrando na sobremesa. O que você quer?

Ela enfim abriu o cardápio:

— Estou na dúvida. Preciso fazer regime. Estou muito gorda.

— Tire essa bobagem da cabeça. - Quase acrescentou: *É coisa de sua mãe*, mas se conteve. — Você está linda assim.

A filha sorriu, feliz, fitando-o por um momento, antes de voltar os olhos para a sobremesa, mas o assunto retornava:

— Então o nome que está na sua certidão de nascimento não é da minha avó? Podemos começar por aí a nossa investigação?

— Filha, não há o que investigar. O nome que consta é o da minha tia, irmã da minha suposta mãe, que cedeu gentilmente a assinatura para resolver mais alguma complicação sem saída do meu pai, que - *eu jamais soube nem ele jamais contaria, nunca vi alguém viver tão integralmente num castelo de cartas, todas falsas, fajutas, fraudadas.* A filha olhava para ele, esperando a continuação que ele não disse com uma ansiedade faceira, aquilo era um jogo, a brincadeira genealógica que transforma mendigos em príncipes e príncipes em mendigos – a minha filha tem *mesmo* cara de princesa, olhe aqui, uma vez ele disse rindo à mulher, investigando as linhas do rosto da criança que dormia em busca de um elo visível com o seu lado materno, revelar o vazio da história com indícios, *paleontologia gráfica, complete as linhas*, Rachel brincou, e ele disse, tem uma coisa de índia nela, a curva sutil dos olhos, uma proa de canoa, dá para sentir a viagem que os olhos puxados fizeram pelo Alasca até chegar aqui à Tropicália num passinho de quinhentos mil anos até uma subida de cerca ou (*um estupro*, ele não disse, *uma moeda*, ele não disse), *índia sou eu*, disse Rachel, *não ponha tua misteriosa mãe no meio*, e ele brincou, *índia pelo cabelo preto e duro e liso, mas teus olhos são redondíssimos como desenho japonês, enquanto a Lucila* - redondíssimos, mas pequenos, e ele inclinou a cabeça quase a escondendo no cardápio, que a filha não sentisse a turbulência moral que lhe percorreu o corpo como um calafrio, Rachel sempre foi inteira pequena, e eu não sabia –

— Tiramissu! – decidiu ele abrupto, com um sorriso libertador, uma dúvida que se desfaz definitivamente. — Que tal tiramissu?

— Você está sorridente demais – ele entreouviu alguém cochichar a Débora, num tom ambíguo, incerto entre a graça do humor simpático e a agressão de um ressentimento mal controlado, *vamos todos nos foder neste barco, mas a herdeira não*, ele pensou no mesmo instante, como se entrasse na cabeça do funcionário e verbalizasse o que ele quis dizer. Havia uma espécie de quase euforia no ar depois do comunicado oficial do banco, as expressões-chave nos lugares certos, *todo apoio ao esclarecimento, há trinta e cinco anos no mercado, assumiu o patriarca, o projeto de fusão*, um relaxamento das tensões da manhã, a perda dos gráficos logo seria refeita pela força da incorporação do banco por uma instituição igualmente respeitável, *uma solução cirúrgica*, alguém disse quase com ar de triunfo, e o sentido ambíguo ficou no ar, a cirurgia era a prisão dos diretores ou a venda do banco?, e de repente se perdia um longo tempo com comentários ao corte de cabelo de Kim Jong-un, *uma dieta* low carb *faria bem a ele*, alguém disse, *ele parece um projeto desses bonequinhos minions*, e caíram na risada, *ele é perfeito para brinquedo de crianças, o rostinho estufado*, e caíram na risada novamente, o ridículo e a bomba atômica, e alguém parou com o cafezinho no ar, como se a ideia só agora lhe ocorresse, *vocês acham* mesmo *que ele vai explodir a bomba?*, mas ninguém respondeu, tudo aquilo parecia tão longínquo, *já temos nossa bomba para desativar aqui*, alguém disse, e houve um vácuo de silêncio, *é claro que temos liquidez! A situação é completamente diferente neste caso*, ouviu-se lá no fundo, a voz alterada, e ele decidiu voltar aos monitores, *sair daqui*, uma expressão que parecia sintetizar um projeto inteiro de vida, abdicar da vida sexual, jogar-se do alto da janela como no crash de 29, *Não precisa se jogar da janela, não vai acontecer nada*, disse-lhe Débora de manhã com o sorriso tranquilo e, a mais, a ironia secretamente afetiva de acrescentar, tocando-lhe o ombro, *e depois ainda leva um tempão para juntar os pedaços*, e ele como que se pacificou com outro sorriso em espelho para ela (tinham praticamente a mesma altura, ele imaginou, mas ao abraçá-la à noite percebeu que Débora era um tantinho mais alta que ele; ao tocá-la, sentiu a estranheza de uma proporção não usual, Rachel tinha três dedos a menos, um hábito de encaixe de vinte e três anos e meio, ela sempre foi *pequena*, ele insistiu na imagem, os olhos fixos no monitor do notebook, o vazio que foi sugando seu peito e que em momentos desse dia interminável voltava estúpido como um soco de vácuo, *eu não vou me livrar dessa sensação ruim até o fim dos meus dias*), o humor sempre evasivo de Débora com o seu toque subterrâneo de provocação e de um afeto sutil, *ela tem um sentimento de anarquia*, ele avaliou imaginando-a lá embaixo a juntar os seus pedaços após a queda, um braço, uma cabeça, um pé, a imagem neutra de um sonho sem sangue, e ele viveu indefeso o sentimento ridículo de ser flagrado solitário à janela ao bafejar no vidro para fazer desenhinhos, *um homem feito* – a expressão veio-lhe da infância, o orgulho da fatiota nova de criança e o carinho fugaz de uma das mulheres do pai, a mão na sua cabeça e o sorriso, *um homenzinho feito*. Um homem feito não compõe *emoticons* a bafo no vidro impecável da Price & Savings, atrás do qual às vezes penduravam-se operários da limpeza em bancos flutuantes contra o céu, lavando janelas como pintores de transparências; *eu apenas estacionei na infância*, e ele se lembrou do paradoxo de Zenão, a imobilidade do movimento, o instante presente se prolongando interminável pela sua divisão perpétua em tempos menores e sucessivos, de modo que – *Onde está o sofisma aqui?*, perguntou o professor; *e por que, embora supostamente lógica, esta conclusão é incapaz de paralisar o tempo?* É que estamos em planos diferentes, alguém respondeu, o tempo absoluto em si, imune à matemática, e o momento fugaz de sua observação, que escorre ao som do metrônomo, mas Espinhosa não prestava atenção, o auditório lotado para ouvir uma palestra sobre os paradoxos da economia e o futuro dos computadores, *Isso vai afetar exatamente o que nas nossas vidas?*, perguntava-se o mestre mostrando um disquete flexível de cinco polegadas, o primeiro que ele viu na vida – o pai preso, e em seguida morto a 7746 quilômetros dali, o telefonema do advogado picareta, o silêncio, e ele não se moveu. Claro, havia uma razão prática: voltar ao Brasil, além de inútil (*eu não tenho o poder de ressuscitar ninguém*, ele pensou em dizer ao advogado, caindo em si: e ele mesmo era um lago gelado e paralisante), sugaria irreversivelmente o seu pouco dinheiro da sobrevivência imediata e encerraria seu curso em Harvard antes mesmo de começar, que era também o começo de sua vida propriamente dita, cortados todos os laços, *já foi dada a partida*, e esse fato deveria bastar, *causa suficiente e eficiente de sua ação*, porque simplesmente lógico – mas não era essa a angústia, e sim o *não sentir nada* além de um alívio vagamente libertador e assustador, em doses quase que simétricas, e enfim uma antecipação de felicidade, *uma vida pela frente*. O que é muito raro, uma vez ele explicou a Rachel: as pessoas não costumam ter "uma vida pela frente"; isso não existe. De concreto, temos apenas uma vida para trás. O meu parente Spinoza (e ela ria) dizia que o conhecimento que podemos ter da duração do nosso corpo (meu tataravô, explicava ele, a sério, tratava o corpo e alma como objetos, espécies de cubos palpáveis e observáveis à mão e régua) será sempre inadequado.

E ele dizia também que a alma humana não conhece o próprio corpo, nem sabe que ele existe, exceto quando incomoda, e ela ria: *sabe que é verdade?*

— Foi bom o almoço com a filha? – e Débora puxou uma cadeira como se o convocasse para fazer o mesmo, e ele ainda olhou para o vidro e o rostinho sorridente, o círculo perfeito, a curva sorridente da boca, os dois pontinhos dos olhos, tudo começando a escorrer em lágrimas minúsculas, e ele passou a palma da mão no vidro como um apagador a eliminar a prova de um crime, antes de também pegar uma cadeira e sentar ao lado dela (um joelho sobre o outro, a saia negra, *a elegância que só o dinheiro é capaz de dar*, alguém lhe disse num passeio ao World Trade Center) diante dos monitores agora mais tranquilos, *o mercado já absorveu a notícia*, alguém havia dito na roda do café, *os indicadores estão muito bons para o tamanho da queda brasileira, inflação europeia e um pibinho acima de zero, sempre é alguma coisa; e tem o ministro da Fazenda, de quem ninguém tem nada contra, exceto se – resta saber se o presidente cai ou não*, e eles riram da piada velha.

E antes mesmo que ele respondesse, ela tocou o seu braço num gesto leve, *Imagino que deve ser uma sensação maravilhosa ter uma filha que nos convida para o almoço*, e ele sorriu intrigado diante daquele inesperado lamento implícito, e ele pensou em dizer *não se impressione, quando isso acontece é puro interesse*, colocando a conversa na plataforma segura do humor familiar, mas calou-se, como a um *ativo* que se valoriza pelo silêncio, e a ideia também seria engraçada, se ele a partilhasse, filhos são *ativos*, o que é uma verdade econômica para uma faixa imensa da população; e só então se lembrou de que havia um filho assassinado em sua história, uma informação solta, de roda de cafezinho; e que, fora isso, não sabia absolutamente coisa alguma da vida de Débora, um ser que se corporificava do nada assim que passava a porta de vidro todas as manhãs e que se desfazia também em nada já diante do elevador, nem sequer chegando ao térreo, refazendo-se raramente num ou noutro jantar comemorativo, as partículas de nada remontando sua figura de negro sobre uma cadeira à mesa coletiva, ela sempre se vestia de negro, ou então – uma única vez – no curioso lançamento de seu livro de poemas relatado pela coluna político-social do jornal, uma nota simpática com uma bela fotografia em que os dentes e a palavra *herdeira* sobressaíam, *poeta refinada*, entre aspas, opinião de orelha de um acadêmico de prestígio, livro de que ele guardou de memória um único verso, *o gênero humano não suporta tanta geometria*, abrindo as páginas ao acaso quando chegou em casa, o pequeno volume que Rachel folheou em seguida com indiferença medida, *sonho de rico é virar artista*, devolvendo-o à mesa, o verso martelando-lhe a cabeça, *tanta geometria*.

— Um cafezinho?

— Será que eu quero?! – e Lucila sorriu, como se a simples tomada de decisão fosse uma espécie de nova felicidade depois de um almoço tão bom, ele imaginou: *ela começa a se sentir adulta, está na fronteira, o pé tateante na travessia arriscada, aqui é seguro mas eu tenho de ir adiante, e um* cafezinho *é uma espécie de signo adulto, como o copo de uísque, a pimenta-malagueta ou o cartão de crédito.* — Quero sim! – determinou-se de repente com o imperativo de quem vai matar um mandarim.

— Mas com adoçante! – e ele quase disse para ela parar com essa bobagem de dieta, e calou-se, o ressentimento contra Rachel turvando-lhe a alma num surto, sufocante a ponto de ele ter de se levantar, *vou ao banheiro*, sair da frente da filha para não contaminá-la da própria tensão, *ou talvez seja ódio*, ele ponderou, abrindo caminho entre as mesas até o fundo de um corredor atulhado de engradados, a porta negra com uma cartola e uma bengala estilizada sobre um ideograma, *o que eu estou sentindo é o soco do ódio*, porta que ele abriu com o pé sentindo imediatamente o cheiro do mijo misturado com algum vapor de naftalina. *O Otávio se ressente do meu sucesso, mas tem vergonha de confessar; só que isso contamina cada minuto em que estamos juntos. A sensação (na verdade, uma certeza, meu amor), é que tudo acabou; já somos dois estranhos, ou quatro, considerando os filhos, aos quais ele não dá a mínima. Sempre fui eu que os carreguei nas costas.* E ele avançava para outro e-mail, ao acaso *daquela pequena morte que eu estava vivendo*, ele imaginou contar a alguém que o defendesse, vendo a si mesmo como a uma halografia, apenas o rosto mal iluminado, a cabeça sem pescoço cercada do escuro de sua casa, a luz branca do pequeno monitor palidamente projetada na sua face, uma perfeita assombração, por que ela deixou este computador aberto? – e agora, diante do espelho sujo, continuava sem encontrar um outro rosto em que se apoiar. *As pessoas se apaixonam*, ela escreveu em outro momento; *ele vai entender; ele é matemático, é um homem muito lógico. E, tudo somado, temos uma história bonita. Só que acabou.* Ele ostensivamente evitava ler as respostas de Augusto, *não quero saber*, mas aqui e ali o olho escapava sobre frases soltas, *o tesão que eu sinto por você*, e ele descolou-se irritado do espelho – o que ele queria encontrar ali, apenas respirar fundo? – para enfim mijar, *você avalia a saúde de uma pessoa pela força do mijo*, alguém lhe disse há muitos anos, numa conversa de mictório depois de uma noitada de cerveja, e como para comprovar a tese o homem espirrava o mijo vigorosamente no vaso meio entupido com o prazer de quem comprova uma tese irrefutável, e ele sorriu da lembrança, quase um alívio, repetindo agora o mesmo gesto, pernas meio abertas, o orgulho do macho, o pau uma mangueira direcionada apagando um incêndio com um chiado borbulhante, o vapor fedido, ainda tenho o mijo forte. Lavou as mãos – *o simples ato de lavar as mãos várias vezes ao dia salvou milhões de vidas do século XIX até nossos dias*, alguém comentou, e alguém retrucou, meio rindo, meio a sério, *esse é o problema – bagunçamos a seleção natural e a defesa da espécie, teria sido melhor que a metade morresse*, e ao retornar ele desviou dos engradados voltando a pensar no seu mantra de manhã cedo, *abdicar da vida sexual* e na liberdade maravilhosa que isso seria, a transcendência da condição humana, *mas quem somos nós para sair do chão?* Ele lembra desta frase no chão com Débora, acompanhando as volutas da fumaça discretamente visíveis no escuro e sentindo o perfume da maconha – antes mesmo que voltasse a sentar a filha perguntou, *Pai, você já escreveu um livro, não?* – e ele se surpreendeu.

— Quem disse?!

— Ora, eu sei. *A matemática da vida.* Mas você usou um pseudônimo, Kelly alguma coisa.

— Kelvin – e ele sorriu mais relaxado, surpreendido e curioso pela filha.

— É isso. Kelvin. Eu li o livro, escondida, tinha doze ou treze anos, porque eu achava por alguma razão, acho que pelo amarelão da capa, sei lá, que aquele era um livro só de adultos, proibido para menores. Quando criança, eu gostava de ler, e lia de tudo, lembra? Eu me lembro bem do capítulo das "instruções elementares". A número 3 era: *Jamais tome uma decisão por impulso. Mas nunca demore mais de 72 horas para tomá-la.* Lembro da número 7, que eu não entendi: *Priorizar tarefas é a chave do seu dia.* Eu não sabia o que significava "priorizar"; acho que por isso decorei a frase. Já pedi nosso cafezinho quando você foi ao banheiro – ela acrescentou súbita, como se para contrariar a tese, mas era porque viu o pai erguer a cabeça procurando o garçom. Distraído:

— Aquilo foi uma brincadeira, filha. Na verdade, uma aposta – *que eu fiz com sua mãe*, mas isso ele não disse, temendo trazê-la novamente à cabeça, e no entanto ele não se livrava.

Refugiou-se na filha imaginando-se criança apenas cinco anos antes, com um toque mútuo de orgulho, dele e dela – e sentiu um novo surto de afeto diante da felicidade radiante da menina em relembrar o livro.

— Lembrei de outro capítulo: "Trate o dinheiro sem emoção nem frieza". Eu achei engraçado: você falava como se o dinheiro fosse uma pessoa.

Ele relaxou com a observação.

— O dinheiro não é uma pessoa, filha. É só uma boa companhia.

Ela riu solto agora.

— É engraçado pensar assim. O Daniel diz que você só pensa em dinheiro. (Falar nisso, ele me pediu dinheiro emprestado, como se eu fosse rica.) Mas voltando ao livro: você completava mais ou menos com essas palavras: *O dinheiro é o ponto de equilíbrio.*

— *Um* dos pontos de equilíbrio. Disso eu lembro bem. Os outros eram... – *a vida afetiva*, mas ele não disse, porque o rosto de Rachel voltava-lhe à memória. (Também o de Daniel, *mas o Daniel é só uma criança grande*, ele diria a ela; o tempo vai colocar sabedoria naquela cachola; é a sua cabeça que não tem solução. Ou o seu caráter – e era como se cochichasse aquilo, precisasse dizer em voz alta.) *O Otávio se ressente do meu sucesso.* Filha da puta. Viveu um novo surto de – *ódio*, ele imaginou, lembrando Spinoza, *se a pessoa que eu amo, me odeia, serei dominado ao mesmo tempo pelo amor e pelo ódio*, e ponderou se aquilo ainda fazia sentido. Que sentimento amoroso eu tenho hoje por ela – ou pelas pessoas? Como terá sido a passagem da antiga Rachel para a nova Rachel? Em que momento a menina que ocupou tão luminosamente o espaço vago de Teresa e preencheu de forma tão completa a sua carência afetiva se transformou na mulher que quer livrar-se dele? Em que ponto a minha máquina do mundo falhou?

— Então você queria conversar comigo – ele disse a Débora sem ênfase, mas com uma certa ansiedade feliz, depois de uma conversa de dez minutos sobre famílias, transitando entre o humor e a curiosidade, ainda o choque do que havia escutado, o que ela disse também sem ênfase, *eu perdi meu filho para o crack*, uma informação brutal e inesperada, mas que o levou imediatamente a Daniel, nesse momento se organizando em alguma barricada revolucionária contra Deus e o mundo, ocupando casas vazias no movimento dos sem-teto: melhor, muito melhor assim, e ele viveu um misterioso sentimento de superioridade, refugiando-se nos filhos, *até aqui eles escaparam das drogas,* o que parecia um triunfo per se. *Preciso de dinheiro,* Daniel havia dito. *Na verdade, já o havia perdido para o meu ex--marido, que, por sua vez* – e a frase de Débora parou ali, como se o tema fosse demasiado grande para aquela conversa solta.

— Mas não vamos falar disso agora. Com a morte do menino – e ele pensou naquele *menino* sem nome que ela evocava como uma imagem apagada do passado – eu respirei fundo e recomecei. Apagar o passado. Retomar a vida do zero absoluto.

— O zero absoluto é frio demais: exatamente menos duzentos e setenta e três graus vírgula quinze na escala Celsius. Aqueça-se um pouco mais.

Ela deu uma risada explosiva (*como alguém que estava precisando disso há muitos anos,* ele comentaria com ela dali a algumas horas) e tocou o seu joelho com a mão, *o que me deu um surto repentino de felicidade, aquele breve calor dos dedos que me tocaram com uma força milimetricamente superior a um simples toque ocasional. Eu também estava precisando disso há muitos anos.* Ela sorriu no escuro da sala vazia, selou-o com um beijo, e disse: *É mesmo? Você percebeu?*

Sentiu a vibração do celular no momento em que o garçom, com um sorriso e uma deferência vagamente oriental, depositava a conta do almoço, que Lucila pegou imediatamente para se espantar num cochicho assim que o homem se afastou: *Caramba, 295 reais e 84 centavos por duas refeições, com sobremesa e cafezinho! Que bom que meu pai é rico!*

— A gente deveria pagar só a raiz quadrada da conta, incrivelmente redonda, 17 reais e 20 centavos – brincou ele, feliz pela agora dupla admiração da filha:

— Fazia tempo que você não fazia essas demonstrações de gênio! Como é que vêm esses números? De estalo? Você ainda se lembra do meu CPF?

— Zero nove quatro, quatro nove meia, cinco cinco nove, oitenta e sete.

— E o do Daniel?

— Duzentos e trinta, meia oito sete, dois oito nove, noventa e um. - E diante do sorriso luminoso de Lucila (como se os traços mutantes do rosto adolescente sutilmente retornassem três ou quatro anos no tempo até se redefinirem por alguns segundos de novo na flutuação da infância), ele brincou: — Bem, se um dia o teu pai rico quebrar, já posso ir até o semáforo – visível dali, o sinal fechado, e ambos olharam para lá –, e em vez daqueles malabares – um jovem mantinha no ar quatro ou cinco bastões com fogo nas pontas –, eu faria exibições numéricas impressionantes para os motoristas com tédio.

— Que ideia, pai! - ela disse, rindo, deixando transparecer no rosto a dúvida: — Como isso seria viável? Passar de janela em janela, *Diga o seu CPF!*, e, na corridinha da volta, antes que acendesse o sinal verde, repetir os números sem falha para ganhar moedinhas. Os dois riram.

— Isso é *incrivelmente* ridículo, pai! Que ideia! - E ela parou, ponderando a graça da cena, até perceber que a verdadeira questão, o que incomodava o riso, parecia outra: — Você *nunca* vai ser pobre - como se ali houvesse, na manhã tensa também para a filha, não uma afirmação, mas um desejo.

A rica da família é a sua mãe, ele pensou em explicar, sem dizer, casamento com separação de bens, o escritório de advocacia disparando, *e eu, o grande consultor econômico, afundando*, um gráfico nítido, didático na parede, a renda de Rachel subindo, a minha caindo, ano a ano, *vamos todos afundar juntos na Price & Savings*, e ele enfim conferiu no celular a fotografia sorridente de Rachel, *chamada não atendida*, ela quer falar comigo, como será a sua primeira frase? - e previu uma conversa difícil para breve, uma conversa difícil num dia difícil, *talvez o pior dia da minha vida*, e calculou se isso fazia sentido justo no momento da tênue felicidade de um almoço com a filha, lembrando em contrapeso do dia da notícia da morte do pai, parece que foi ontem, ou ainda há pouco, e no entanto - não pela morte em si, *irrelevante e previsível*, ele chegou a definir o fato como se não fosse um filho mas um pequeno monstro da lógica, *a natureza é indiferente, nascer e morrer são fatos biológicos, não morais*, o advogado picareta a sete mil quilômetros na outra ponta da linha tentando lhe arrancar alguma coisa inefável, mas pela sua própria ausência diante da imagem do pai algemado poucos meses antes, o seu *autismo*, como alguém o acusou em outro momento, ao vê-lo decifrar uma série de raízes quadradas, *isso é uma máquina impessoal num programa de auditório.*

Uma gritaria explodiu na calçada - *Meu celular! Peguem ele!* - e viram numa sequência de fotogramas em poucos segundos

– *Ladrão!* – um menino sem camisa derrubar um velho senhor de terno e atravessar a rua num zigue-zague rápido entre os carros; acuado no outro lado por dois policiais (Lucila levantou-se e aproximou aflita e fascinada o rosto da janela, tentando acompanhar), o garoto voltou aos pulos ao asfalto, carros freando, *parecia um filme*, e desapareceu no ângulo da esquina, sob berros de pessoas próximas, e o pai puxou-lhe o braço, *Senta, filha, tire o rosto do vidro*, pensando na hipótese de, quem sabe, uma bala perdida por nada, corações disparados, o mundo está louco – e súbito ouviram a voz do garçom ao lado, maquininha do cartão de crédito à mão, *Depois matam um vagabundo desses e vêm os direitos humanos reclamar. Eu vi um guri esfaqueando um cobrador de ônibus para levar doze reais.* Ele digitou a senha sem responder ao homem enquanto um silêncio espesso ocupava o ar entre eles. Lucila, de novo sentada, acompanhava o burburinho adiante em torno do velho caído, que se levantou com ajuda, alguém recolheu os óculos talvez quebrados que ele tentou ajeitar, torto e trêmulo, sobre o nariz, uma breve cena de cinema mudo enquadrada na janela, e em meio minuto o homem está novamente só, imóvel e perdido, cabelos desfeitos, procurando um destino, *recomeçando a vida sem celular*, Otávio imaginou absorto.

— O senhor quer a sua via? – que ele entendeu *a sua vida*, e acordando fez um *não* com a cabeça e pegou de volta o cartão de crédito. Olharam-se, Lucila e ele, e sorriram.

— Vamos?

— Vamos, pai. E já sei que não devo matar o mandarim.

Ele riu, levantando-se.

— Jamais, filha – e observando-a em pé ao sair com ela do restaurante pensou, *Lucila vai ficar com a altura da mãe, e o Daniel da minha altura, como se os DNAs fossem trocados, e imaginou um gráfico com as variáveis do acaso.* — Você vai voltar para casa? Eu vou levar você até o metrô. É mais seguro, filha – e olhou em torno atrás de vestígios do assalto.

Percebeu que ela ia protestar, talvez com um *já sou grandinha*, mas desistiu com um sorriso, *Tudo bem, pai*, um toque a mais de infância para completar a tarde.

— Uma caminhada com a filha? – e o rosto de Débora se abriu, *mas é o sorriso da melancolia*, ele imaginou, como se fosse ele o poeta. *Eu seria um mau poeta*, ele explicou anos atrás a alguém que escrevia poesia e admirou seu amor pelos números, *porque eu gosto de nitidez*, e a pessoa – um jovem alegre e determinado, colega de faculdade – respondeu com um toque de orgulho pela própria voz, *Nada é mais nítido do que um bom poema*. E eu achei a frase bonita e falsa, brilhante como um sofisma, ele diria a Débora no final da noite, lentas curvas de fumaça da *cannabis* subindo no escuro. Sentiu o renascimento lento do desejo e enlaçou-a novamente.

— Sim, só uma caminhada para respirar um pouco. – Não quis se estender; depois da revelação cifrada, *perdi meu filho*, a ostentação de um almoço supostamente em família e uma caminhada de proteção à filha pareceu-lhe agressiva. Um suspiro (ainda sentia no joelho a pressão imaginária de seus dedos) — Que dia, não?

Ela respondeu um *sim* distraído, colocou a mão na bolsa – *é uma bolsa Delvaux, mesmo?*, ele lembra de ter ouvido alguém perguntar a ela há alguns meses, e ele por sua vez perguntou a Rachel que grife era essa, e quando ela explicou subitamente animada, *custa uma fortuna!*, e por sua vez perguntou *por quê?!*, com algum toque de ansiedade, ele disse *não, nada, só curiosidade*, temendo agora que ela imaginasse algum presente secreto, o que lhe transferia a ansiedade –, e tirou dali um livro de capa amarela bastante usado que estendeu a ele numa espécie de súplica farsesca:

— Kelvin Oliva, o senhor se importa de me dar um autógrafo? – e ele disse, simulando uma estranheza verdadeira, *Who the hell is Kelvin Oliva?!*, mas o tom derramado e a graça da expressão em inglês revelavam o inesperado prazer de ter sido pego em flagrante, *Onde você descobriu esse fóssil da minha vida?!*

Débora riu em triunfo, de novo os dedos no seu joelho, *por isso que não abri o jogo com você de manhã – eu tinha de pegar o livro em casa, tinha esquecido de trazer. Acho que desvendei o seu segredo mais bem guardado.* Ele pegou o volume nas mãos, abriu a página de rosto (*Pertence a Dora Tilber, 12 de março de 2001*), folheou ao acaso, achando aqui e ali uma frase sublinhada (*Axioma 3: nenhuma lei determina que você deve fazer amanhã o mesmo que fez ontem*; *A simpatia é uma arma*; *Planejamento x Emoção: da importância de separar as coisas*), ou uma ou outra anotação à margem com setas indicativas, caneta vermelha, a letra redondinha (*genial!!!*; *Não é bem assim*; *Atenção, Dora Tilber: isto é você!!*; *Certo!*) – *Jamais escreva num livro com caneta*, uma vez disse Rachel a Lucila, ainda criança, *use somente lápis*, e, como se respondesse à sua mulher, e não a ele, Débora apressou-se a explicar, *Não fui eu quem anotou assim – comprei este exemplar no sebo!* E estendeu uma caneta a ele:

— Quero dedicatória.

Ele olhou Débora nos olhos, ainda surpreso; uma espécie nova de intimidade nasceu ali, ele sentiu, e aquilo era mais que adolescentes partilhando uma traquinagem. *O que ela quer?*

— Débora, vamos por partes, de acordo com a matemática da vida – e ela riu. — Um: você não tem cara de quem lê autoajuda; dois: por que este livro está com você?; e, finalmente, três: como você descobriu que Kelvin Oliva sou eu?

— Ah! Então é mesmo você?! Joguei verde e deu certo!

— Tudo bem, eu me entrego! A essa altura, não faz mais nenhuma diferença – e a frase lhe saiu inexplicavelmente pesada em seguida à brincadeira. Desviou os olhos para o gráfico vivo de um dos monitores, uma súbita queda na Bolsa de Nova York, uma breve inconsistência no câmbio, e surpreendeu-se novamente com a voz de Débora:

— Eu quero comprar Kelvin Oliva. Uma franquia. Quanto custa?

Na calçada, andaram alguns metros repentinamente em silêncio; percebeu que estava indo rápido demais, e Lucila, que olhava absorta para o chão como se pensando em alguma coisa grave, tinha de apressar-se para acompanhá-lo, até que ele parou para que ela o alcançasse, revendo-se dez anos antes quando segurava firme a mão miudinha da filha, crianças são espoletas na rua, não perca *a menina de cachinhos dourados*, como dizia a mãe beijando-lhe a testa. Por instinto de segurança, tirou o celular do bolso do paletó, *ao alcance de dedos rápidos*, e colocou-o no bolso da calça: *essa história de que bateria de celular desmagnetiza cartão de crédito é lenda; mas cartão de hotel, daqueles de abrir porta, sim*, e ele ouviu o colega ao café com a seriedade de quem chegava à incógnita de uma equação difícil. Lembrou do encontro temporão e antiquíssimo com Teresa, o último que houve – ele abriu a porta do hotel com o cartão magnético (hotel que via exatamente agora no outro lado da rua) e encontrou Teresa à espera na cama, *sedutora como uma puta*, ele pensou, *o que estou fazendo aqui*, ele continuou pensando, e foi adiante *como uma pessoa do mal*, e Teresa riu ao final de tudo, *você é mesmo uma pessoa do mal*, ela disse, sorrindo um sorriso dúbio e envelhecido, *você está silencioso e agressivo hoje*, como se existisse um ontem próximo e caseiro e não apenas a memória solta de anos atrás, e ele percebeu que ela sentia muito não ter mais nenhum poder sobre ele como antes, era praticamente uma hipnose, *rasteje aí*, e eu rastejaria

– ambos já eram outras pessoas, de peles trocadas, *cobras criadas*, como dizia seu pai referindo-se a ele mesmo, *Eu sou cobra criada, esses filhos da puta que não me venham de conversa fiada*, ele dizia por qualquer coisa que o incomodasse. O sinal ficou vermelho e a mão dele, num gesto incompleto, procurou instintivamente a mão da filha para impedi-la de atravessar a rua. *Eu estou livre de Teresa, mas por que vim até este encontro, anos depois, já com dois filhos? Só para me certificar de que era mesmo Rachel que teria de sentar ao meu lado naquele auditório, para determinar a minha vida?*, ele pensou quando se despediu – as sete palavras geladas que eles trocaram no último encontro, ela deitada nua, de pernas cruzadas, ele em pé, colocando o paletó, no desenho a bico de pena faltava apenas a frase última que fizesse o leitor rir –, e desceu sozinho pelo elevador do hotel. *O que está errado?* Diante da faixa de pedestres, esperando o sinal verde, a tarde cinza, uma brisa inesperadamente fria, o silêncio prosseguiu, mas ele sentia uma onda de tensão entre ele e a filha, *algo que temos mutuamente a nos dizer*, ou uma *aura, Você nunca sente a aura das coisas?*, perguntou-lhe Débora no escuro, e ele respondeu *Eu vejo a aura*, pensando nas volutas lentas da fumaça subindo na sala escura e vazia, *exausto de felicidade*, a imagem que lhe ocorria para representar a essência do bom sexo, justamente hoje, o pior dia da minha vida. O corpo inteiro exausto, *macerado*, um dia que não termina nunca, e ele sentiu o desejo voltando, e voltou a abraçar a pele de Débora, que fechou os olhos.

À boca do metrô eles pararam e Lucila olhou séria para ele, depois de alguns segundos indecisos.

— Vocês vão se separar.

Ele calculou a proporção entre afirmação e pergunta, uma frase 56% assertiva, 44% interrogativa (com um misterioso tempero de esperança, talvez, embora ele não estivesse certo da *direção* da esperança), e pensou em brincar com a filha como num joguinho de probabilidades fluidas, mas havia em todas as variáveis o peso da aflição; ou gravidade, *o que nos puxa para baixo*, ele explicou uma vez a Daniel, ajudando-o numa lição de casa. Por um momento entreviu a hipótese de que a filha, sem que a ideia chegasse plenamente à consciência, estaria feliz com a possibilidade da separação, *complexo de Electra*, algo assim, e lembrou o rompante de Rachel, há um ou dois anos, *Eu nunca tive complexo de nada, para dizer bem a verdade eu acho essa conversa psicanalítica uma bobagem completa*, e esse foi um dos momentos em que ele começou a sentir a *mudança*, um início ainda impreciso de *hostilidade*, e ele ponderou se era isso mesmo, pela intensidade da reação diante de uma observação casual, de almanaque, uma mera distração, *já que eu nunca me interessei em fazer análise ou algo do gênero – só li um pouco a respeito, no papel de Kelvin Oliva, para escrever* A matemática da vida *e criar para o leitor a imagem de alguém que vai além do beabá, alguém capaz de ver* profundamente *as coisas, o que aliás nos divertia: Como vai o seu inconsciente coletivo? Sob controle?*, e eles riam. Até o final do dia eu faço a engenharia reversa da minha vida, ele pensou em dizer para a filha, vou desmontar cada peça da minha cabeça e cada trecho dos meus movimentos e cada dia dos últimos dez anos, começando do fim para o começo, até entender o que aconteceu, como quem abre um GPS emocional e põe diante dos olhos o mapa completo da vida em cada passo, motivações, desvios, acidentes, causas e consequências, tudo implacavelmente determinado como queria o meu parente Spinoza, e ele calculou se essa imagem teria graça suficiente para tirar o peso da conversa e fazer a filha sorrir e dizer, como sempre, *que ideia ridícula, pai!* Mas ele decidiu manter a gravidade.

— A mãe conversou com você?

A menina fez que sim apenas com os olhos, mantendo um silêncio atento – *talvez ela esteja mesmo secretamente feliz*, ele pensou; não por Electra, mas por simples e clássico espírito de aventura, duas casas, dois pais, duas mesadas, um rompimento que representa automaticamente independência, *eu estou sozinha agora*, ela poderia dizer como quem conquista alguma coisa, *como no momento em que desembarquei em Boston para frequentar Harvard, tirar a sombra do meu pai das costas e brilhar sobre minha biografia solitária. Não se esqueça de que a sombra sempre volta*, disse-lhe Teresa, a puritana nua, para que ele não se sentisse muito feliz com a ideia libertadora, mais a ideia redentora do que o simples fato em si, e enfim a sombra se foi e ele nunca chegou a brilhar, ainda que tenha chegado perto. *Você não deveria ter jogado tudo para o alto*, disse-lhe Rachel, sopesando o calhamaço de *Os funcionários da Coroa* como um avalista de diamantes. Da boca do metrô veio um bafo de calor de algum trem que passava, a vibração discreta nos pés, e o contraste com um vento frio acima da terra, e um ou dois pingos de chuva, e a menina olhou para o alto, abrindo a palma da mão para testar a chuva, escapar do olhar do pai e procurar o que dizer, imaginou ele. Uma hora e meia de almoço juntos e só agora falavam do que importava, ambos prontos para a fuga, como se trocassem senhas misteriosas, aquilo que só pode ser pronunciado por alusões – a quebra definitiva da família. Voltou a olhar para o pai mostrando a palma da mão – *Nem está chovendo!* –, e fez outro sim em resposta à pergunta do pai. Rachel conversou com ela, e agora era ele que teria de dizer alguma coisa, mas não lhe vinha nada, exceto um sentimento ruim pela mulher que ele não conseguia verbalizar nem para ele mesmo, quanto mais para Lucila, que aguardava.

— Sim, filha. Vamos nos separar.

O ódio é uma tristeza acompanhada de uma causa exterior, dizia seu parente gênio, e ele imaginava um modo de encaixar aquilo na voz de Kelvin Oliva, talvez um capítulo sobre os maus sentimentos; mas, ao comentar a ideia, foi dissuadido pela voz ponderada de Rachel, *não fale de ódio nesse livro, autoajuda tem de ser sempre pra cima, o poder do pensamento positivo, essas coisas mais... mais...* – ela procurava a palavra, divertindo-se no papel de orientadora – *mais "reconfortantes"*, e estalou os dedos, como quem descobre a fórmula. Ele avançou sobre ela no escritório, *estou precisando de reconforto, minha gatinha*, e eles riam trançando pernas até que ela se jogou na poltrona, a bunda arrebitada, a saia erguida, e mais uma vez de mil vezes ele a comeu por trás, num lento e carinhoso encaixe de formas até a exaustão ofegante da felicidade. Ela sempre fechava os olhos e dizia *não saia, por favor não saia ainda, fique fique fique, e ajeitava-se gemendo baixinho*, e ele obedecia, sentindo o pau pulsando em Rachel até voltar à paz imóvel.

A vida é só sexo; não perca tempo com o resto, disse-lhe o pai, num último e definitivo conselho, acompanhado de uma risada exagerada à porta do apartamento caindo aos pedaços quando o filho, mala à mão, se preparava para pegar o táxi para sempre; mas o velho parou depois de dois passos no corredor: Você quer mesmo que eu vá ao aeroporto? Olhou para o relógio: Tenho de resolver alguns problemas. *Não. Sim, claro, pai. Não se* – e não disse mais nada; apenas abraçou-o como se ele fosse só até a esquina para voltar em seguida. Nunca mais viu o velho, que fechou a porta antes mesmo que ele descesse o primeiro degrau dos três lances de escada até chegar à rua. *Mas pelo menos foi visitá-lo no cemitério*, disse-lhe Teresa, e ele sentiu a agulhada daquela espécie neutra de afirmação, que dizia muito sobre ela, o que ele se recusava a perceber, e Espinhosa confirmou, mentindo, *sim, claro* – quando voltou dos Estados Unidos, sobrou um apartamento executado por anos de impostos não pagos, que ele entregou ao advogado assinando papéis sem ler. Não sobrou nada. *Um homem livre.*

Resistiu a repetir a frase padronizada, *Vai ficar tudo bem, filha*, e apenas repetiu o gesto de Lucila, palma da mão aberta testando os pingos da chuva. O que Rachel teria dito à filha? Evitou perguntar, por vergonha de fuçar mais ainda na merda, envolvendo a filha naquilo. Teria Rachel contado a razão? Em que termos? *Eu me apaixonei por outro homem, filha. O seu pai entendeu e vamos nos separar.* Alguma coisa equilibrada, civilizada e mentirosa. Sentiu a respiração acelerar, empurrada pela ansiedade, e esticou de novo a mão atrás de chuva:

— Filha, desça, que vai chover. Eu tenho de voltar à Price, que o dia está complicado lá.

Lucila olhou para ele – tentava interpretar, ele sentiu, o que se passava na cabeça dele, mas não tirou nada dali.

— A mãe disse que a separação vai ser melhor para todos. É verdade?

Ele se surpreendeu com a ansiedade da filha, que enfim veio à tona, desajeitada, depois do jogo agradável do assassinato do mandarim.

— Sim, é verdade.

A menina o abraçou, demorando-se no abraço dois segundos a mais, como um sinal secreto, despediu-se sem sorrir e desceu correndo as escadas.

— Como assim?! *Comprar* Kelvin Oliva? – e ele sorriu, entrevendo na brincadeira alguma coisa agradável, um modo de se esquecer. Entrou no jogo: — Kelvin Oliva não tem preço; não pode ser comprado porque é incorruptível. O que, como ele mesmo diz no capítulo 8, é uma das chaves fundamentais da felicidade, de acordo com a matemática da vida. Veja esse povo de colarinho branco na cadeia no Brasil de hoje. Todos profundamente infelizes e miseráveis, varrendo a cela. Aliás – e ele abriu os braços para a sala imensa de consultoria econômica da Price & Savings, na qual detinha o seu pequeno lote de três monitores –, todos aqui sabem disso.

E deu uma risada, como alguém que revela em segredo a esperteza de seu golpe, mas havia um fio de rancor, com o eco de Rachel na alma. Ela sorriu e manteve o sorriso sem dizer nada, ainda saboreando a vitória da descoberta de Kelvin Oliva, girando lenta a cadeira de um lado a outro, talvez pensando em como explicar melhor o seu *projeto*, enquanto Espinhosa folheava o próprio livro. *Eu gostaria de estender interminavelmente aquele instante diante de você*, ele pensou em dizer mais tarde, quando a intimidade nascente se consubstanciasse em alguma outra coisa mais sólida, *talvez um beijo súbito, algo fora do eixo, que nos enclausurasse e nos protegesse*; seria um modo de me livrar, por alguma arapuca do tempo, da voz de Rachel ao telefone, que prosseguia lhe ferindo como um disco riscado.

— Você ainda não me disse como esse livro chegou até você.

— Faz alguns anos – e ela avançou a cadeira, estendeu o braço e tirou gentilmente o livro das mãos dele –, que ano mesmo foi? – e as cadeiras se aproximaram enquanto ela abria o verso da página de rosto – aqui, *Copyright Kelvin Oliva, 2001*, e Espinhosa se surpreendeu, *Caramba, lá se vão dezesseis anos desta brincadeira*, e ela agora manteve o livro fechado no colo, *O meu marido apareceu em casa com* A matemática da vida, *quer dizer, meu primeiro ex-marido, de tão má lembrança, o Mateus*, e ele pensou em interrompê-la demonstrando admiração, algo como *Mas quantos maridos você teve*, uma frase que os levasse a brincar um pouco, *porque eu só tive uma mulher e está bom assim, será a última porque vou abdicar da vida sexual* – talvez não, porque há algum filho perdido na história de Débora; ela poderia pensar que – *E ele me disse que havia ganhado o livro de um funcionário da construtora.*

— Este exemplar aqui? – e ele pegou o livro de volta das mãos dela.

— Não não, esse aí eu encomendei no sebo virtual faz uma semana. Esse é da tal Dora Tilber, que, aliás, também tem um jeitão de pseudônimo. – E ela riu. — É uma longa história. Quer ouvir do começo?

Ele colocou o livro na mesa. Uma sensação parecida com felicidade:

— Conte tudo.

Era ele que queria contar tudo, até reduzir sua vida a uma boa e clara equação, *livrar-se da vida para entendê-la de longe*, ele pensou, avaliando o paradoxo do desenho geométrico de uma ilusão de óptica, escadas, colunas e corredores que se interligam recursivamente e sem escape. Afastou-se do metrô a passos rápidos para fugir de uma chuva provável, e ainda com a aura do abraço apertado da filha cingindo-lhe o corpo um segundo a mais, uma memória quase física do afeto filial, quando sentiu mais uma vez a vibração do telefone, que tirou do bolso:

a foto sorridente de Rachel, a bolinha verde e a bolinha vermelha, atender ou não atender – eu estou preparado? *Escolha*, o dedo suspenso, e ele parou, olhando em torno, *um lugar seguro*, mil pessoas indo e vindo sob o espírito da tempestade próxima, a dança das pernas que se cruzam e não se tocam, e se aproximou de um trailer da Polícia Militar instalado na calçada à sombra de uma árvore, *se você se distrai, o pivete arranca o telefone da tua mão que você nem vê a sombra*, e é melhor falar aqui do que na Price & Savings; encostou-se no muro, a respiração repentinamente ofegante. Não era medo; *um breve sentimento de terror, um pequeno soco no estômago*, ele diria mais tarde. Uma espécie de *fim* que se antevê permanente além do instante, *um fim interminável*.

— Eu jamais tinha visto o Mateus com um livro na mão. Quando eu comentava uma leitura qualquer, ele dizia: *Faz um* briefing! *A montanha mágica*, de Thomas Mann? Faz um *briefing*! *Em busca do tempo perdido*, e ele foi soltando a pilha na minha cabeceira, livro a livro, tosco e grosso como sempre, *Isso sim que é tempo perdido. Você vai ler tudo?! E em francês?!* Pois com o Kelvin Oliva e esse livro amarelo, as coisas mudaram, o que, naturalmente, atiçou meus piores sentimentos contra *A matemática da vida*.

Ela sorriu, provavelmente segura de que ele entenderia o que ela queria dizer, *nada contra você, é claro, era só a lógica interna do nosso casamento*, e ele também sorriu, *sim, estou entendendo*, mas ainda com um fio de ansiedade atravessado no peito, *a coisa que eu mais entendo é a lógica interna do casamento*. Aonde ela queria chegar? Foram interrompidos pelo velho Borges, cabelos brancos ralos e camisa estufada na barriga, que passou lento entre eles (Débora recuou a cadeira) transportando cuidadosamente uma xicrinha de café que tilintava prestes a derramar e provocando um hiato de silêncio; dois passos depois, parou e se virou como um boneco mecânico com um meio sorriso, *Vocês não vão à reunião daqui a pouco?* Baixou a cabeça, a voz, o cafezinho, que Espinhosa estimou completamente frio a essa altura: *O único emprego certo aqui é o da moça do café. Vão calculando o Fundo de Garantia.* Todos sorriram e Borges foi adiante com passos curtos em direção à sua mesa, a última da sala, sob a atenção momentaneamente silenciosa dos dois. — *Ele vai derramar o cafezinho na camisa*, cochichou Espinhosa, e voltou os olhos para Débora, que reaproximou a cadeira. *Mas continue* – e agora foi ele que tocou levemente seu joelho, um gesto distraído para retomar aquela *cumplicidade secreta*, foi a expressão que lhe ocorreu, *a nossa cumplicidade*, ele diria mais tarde a ela, refazendo o dia, *segundo minha engenharia emocional reversa*, e ela riu, soprando a fumaça perfumada da *cannabis* na sala vazia, repetindo devagar a expressão como a um verso de poema, *engenharia emocional reversa, isso é puro Kelvin Oliva, eu amo você*, e ele fechou os olhos e suspirou *exausto de felicidade*, como é bom falar bobagem.

— Pois ele vivia com esse livro na mão, sua nova Bíblia. Na verdade, a primeira da vida dele. Um camponês sumério, feliz com a tabuleta de barro na mão, cheia de inscrições secretas, me perseguindo pela casa como um pastor pentelho a pregar a verdade. E sempre que eu tentava ponderar alguma coisa, ele erguia o livro – e Débora estendeu o braço para a mesa (os braços se tocaram) para pegar *A matemática da vida* – e abria meio ao acaso – e Débora folheou o volume amarelo – ele até já sabia de cor as páginas certas para me aporrinhar, como a 88, aqui – e Débora localizou o trecho, aliás sublinhado com caneta vermelha por Dora Tilber – esse trecho ele me leu várias vezes, para que entrasse bem na minha cabeça, o capítulo 9, veja, "Relações humanas e talento emocional" – e Débora mostrou a página movendo as rodinhas da cadeira de modo que ficassem lado a lado, e ele sentiu a aura do perfume – o filho da puta (desculpe, Otávio, mas...) do Mateus quase que esfregava a frase número 3 na minha cara sempre que eu fazia uma observação qualquer sobre ele, *Se alguém contar a você algum fato, como um simples gesto de confiança e amizade partilhada (exemplo: roubaram meu celular ou tropecei no degrau da escada), ou se confessar alguma coisa estritamente pessoal (exemplo: estou com vontade de me separar), jamais faça uma palestra a respeito como alguém situado alguns centímetros acima, um julgador implacável da conduta alheia (exemplo 1, bem, se você costuma andar com o celular aparecendo no bolso da camisa, está pedindo para ser roubado, ou Você precisa ter mais cuidado ao caminhar ou vai viver tropeçando; exemplo 2, de fato, a sua mulher é uma pessoa difícil).* Pense nisso, Dora Tilber!!!, dizia a anotação à margem.

Espinhosa riu, sentindo enfim um fio de relaxamento depois da voz de Rachel – era como se a irritação simulada de Débora, com seu toque teatral, sacudindo o livro diante dele, fosse verdadeira, e não um modo secreto e avesso de admirá-lo e cultivar proximidade, fazendo suspense de um afeto misterioso que só se deixa entrever aos poucos. *A mulher jamais demonstra (ou derrama) seu afeto com facilidade; ela sabe que, se o fizer, estará entregue nas mãos do inimigo – o afeto é a sua última ficha –* e ele reviu Rachel lendo aquilo em voz alta numa enquete de revista, *Escute isso!*, até arremessá-la ao chão, irritada, *Machistas idiotas, burros, imbecis,* e ele achou graça daquela fúria. Ninguém ficava furiosa com a graça de Rachel – um teatro que ela sempre dominou. Lembrou-se da redação do capítulo 9 e da crítica de Rachel no dia seguinte: *Não está um pouco explicativo demais? Talvez um subtítulo impactante, facilmente decorável, "não espante seus amigos", ou "não bloqueie as amizades",* mas ele firmou pé – sem coragem de confessar, emulava a lógica e o método spinozianos, seu parente gênio. (*Por uma nova ética,* ele chegou a sonhar, quando desistiu da carreira acadêmica: de matemático a filósofo. Na segunda orelha, a nota biográfica diria, em vez de *Kelvin Oliva é filósofo, Otávio Espinhosa é filósofo,* com todas as letras. *Eu sou eu.*) Já o editor protestou contra o título do parágrafo seguinte, *Corolário?! Ninguém sabe o que é isso!*, que Débora frisava agora:

— Até aí, tudo bem, eu suportava. Mas então o Mateus lia o "Corolário" em voz alta, com a paixão de quem lê numa segunda-feira de manhã uma planilha de gastos perfeitamente equacionada para o triunfo econômico da empresa, no tom de um salmo bíblico: *Agindo assim, você apenas vai cortar progressivamente os laços de amizade; ninguém partilha sua vida pessoal para ouvir palestras.*

Era a Teresa, uma antiga namorada minha, que eu tinha em mente quando Kelvin Oliva escreveu isso, ele quase confessou, para arrastá-la definitivamente ao território da intimidade, que não tem volta – e para escapar do instante presente e do disco riscado de Rachel, o eco da sua voz batendo interminável na cabeça, bastava lembrar e a respiração mudava o ritmo.

— *Grrrrrr!...* – e ele riu das mãos em garra de Débora simulando ódio — Eu queria matar meu marido cada vez que ele lia aquilo em voz alta para me ensinar alguma coisa. – E então Débora relaxou, devolvendo o livro a ele, a mão suave no seu joelho, a graça do sorriso: — Entendeu agora por que eu odeio Kelvin Oliva?

O impacto do que ouviu paralisou-o – afastou o telefone do ouvido e olhou em torno, como se a cidade inteira escutasse a mesma coisa que ele; a poucos metros, os dois policiais militares ao lado do trailer se viraram simultâneos para Espinhosa, numa coincidência estranha, e ele voltou-se para o celular e para a fotografia sorridente de Rachel, que provavelmente repetia *alô! alô!*, se ele pudesse ouvir, mas a rua é barulhenta. Colocou o celular no bolso da calça num gesto reflexo, sem desligar – *eu nem pensava mais, bufando,* ele diria depois; *afinal, por que eu fiquei tão mortalmente ofendido? Era só uma pergunta* técnica, *a rigor* –, e começou imediatamente a andar na direção oposta ao prédio da Price, com uma rapidez obtusa, como se apenas o cansaço bruto pudesse acalmá-lo, *talvez os policiais venham atrás de mim,* uma frase absurda que rebateu na sua cabeça mais de trinta anos depois, a velha voz do pai no seu misto irresolvido de ironia, fatalismo e desafio. Ele estava certo: os policiais foram atrás dele, prenderam-no e ele morreu na cadeia. *Uma vida completa.* Parou na esquina, bonequinho vermelho do outro lado, e sentiu a intensidade do coração batendo, mais dos nervos que do cansaço – *eu vou ter de andar muito ainda para esvaziar essa sensação,* ele imaginou-se contando a Débora, que o esperava. (*Preciso conversar com você,* ela havia dito, e ele refugiou-se nisso, *uma conversa simples e boa.*) *Otávio é uma boa pessoa,* ele relembrou Rachel escrevendo a Augusto, *assim como a Dorinha é uma boa mulher*

*para você, como você disse, mas o Otávio foi se afundando na me-
diocridade de modo que eu seria arrastada com ele para todo o sempre até o fim dos meus dias, e a vida é curta, assim como Dorinha
puxou você para trás e será também assim até o fim dos tempos;
nossos filhos já estão prontos, e não precisam mais da simulação de
um lar feliz. O Otávio que tome o seu rumo; eu preciso viver minha vida. Melhor ainda: nós precisamos viver nossas vidas, meu
amor. Adoro escrever a você. Você é a minha liberdade. Adoro ouvir
você. Adoro você.* Impaciente, não esperou o sinal abrir – resolveu dar a volta no quarteirão, andando cada vez mais rápido;
esbarrou num velho senhor e desculpou-se sem olhar para trás,
percebendo ao mesmo tempo que *o esbarrão foi proposital, estou
com desejo de agredir*, o que o fez parar, sinal amarelo na cabeça.
Preciso fazer com urgência minha engenharia emocional reversa, decidiu, *preciso me desmontar*, o que significou um escape pelo humor – previu que Débora acharia graça daquela ideia.

— Entendo perfeitamente que você odeie Kelvin Oliva – e
ele deu uma risada. Eu também me odiaria, *se eu fosse realmente
ele*, frisou com o indicador erguido e um sorriso quase profes-
soral, *atenção ao detalhe*, e por um instante achou que, de fato,
poderia separar as coisas, não pelo livro, mas por tudo de que
Rachel participou na existência dele, desde a ideia, o instinto
de superioridade, até a empáfia com que ele, inadvertido, es-
fregou a lâmpada do gênio enclausurado – o assunto era o meio
milhão de exemplares batidos por Clery Medeiros e seu *Mil
modos de ser feliz – Caramba*, disse Rachel (eles haviam feito
amor, *vamos fazer amor?*, ela perguntava, aproximando-se dele
como uma gatinha, e ele sempre respondia, lembrando secretamente do pai, *eu prefiro fazer sexo*, e ela ronronou, *tudo bem,
é uma boa mistura, eu entro com o amor, você com o sexo*, eles riram, *quem entra sou eu*, ele disse, e ela beliscou-o sorrindo,
seu safadinho, e se agarraram – e agora, respiração de volta ao
normal, folheavam tranquilos uma revista na cama, uma tarde

excepcionalmente feliz e preguiçosa, crianças no parquinho do prédio com a babá), *esse cara deve estar mesmo ganhando dinheiro a rodo, três meses na lista dos best-sellers*, e ele caiu na besteira de dizer – depois de ler a relação de alguns dos *modos simples de ser feliz* apresentados em tópicos na matéria da revista com a foto do Clery Medeiros sorridente na capa, cifrões voando da cartola do mágico – *não deve ser tão difícil escrever um livro idiota desses*, ele disse mais para si mesmo, com um sentimento ambíguo entre a inveja e a ponderação a sério: seria possível escrever algo semelhante decalcado do meu parente Spinoza, por exemplo? A síntese do mundo em dez lições? Pensou em perguntar a Rachel, mas ela se antecipou, o gênio definitivamente fora da lâmpada pelo estalo da ideia, nada mais o segurava – ergueu a cabeça do travesseiro: *Por que você não escreve?* O sorriso dela dizia: *como um jogo.*

Eu já estava fisgado, ele diria a Débora bem mais tarde, mas ainda me debati, a linha puxando forte.

— Rachel, eu sou um economista com algum prestígio a zelar. Tenho Harvard no currículo. Tive aulas com John Kenneth Galbraith. Fiz um semestre sobre os *Principia Mathematica*, do Bertrand Russell. Sou autor de *Os funcionários da Coroa*, esta obra-prima inédita de interpretação do fracasso econômico brasileiro, recusada por uma banca de peso – e ele riu. — Isso não é para qualquer um! E você quer que eu escreva...

— Já tenho o título! *A matemática da vida.* Que tal?

E ela estendeu os braços, segurando um livro imaginário, contemplando a capa e avaliando seu poder de atração – *A matemática da vida.* O que me fisgou de fato, ele poderia contar a Débora, foi o cálculo instantâneo que fez: se é verdade, como diz a revista, que Clery Medeiros vendeu quinhentos mil exemplares em noventa dias, isso representa 5555 vírgula cinco cinco cinco cinco cinco, sem fim volumes por dia. Se eu vender seiscentos mil de *A matemática da vida*, serão 6666...,

e na série seguinte, 7777, mas a dízima periódica agora trope-
çava num oito avulso ali adiante, na décima quinta casa, como
um sinal desagregador. O seu jogo interno de números, o prazer dos dados, para não pensar no que realmente importava:
escreveria *A matemática da vida*?

— Não é você?! Me engana que eu gosto – e Débora sorriu
cúmplice. — Eu quero o autor deste livro de capa amarela. E eu
já sei que Kelvin Oliva, o filósofo – e ela abriu a orelha da quarta
capa, já quase se soltando pelo uso - *está aqui, ó, "Kelvin Oliva é
filósofo", a nota biográfica mais lacônica que eu jamais li, e meu ex-
-marido, subitamente convertido ao mundo da inteligência, embas-
bacado com as "Nove regras do amanhecer", página 112, me dizia,
"Você vai querer discutir, o cara é filósofo!", e eu dizia, se você fosse
mulher entenderia o que são as regras do amanhecer, e ele retrucava,
"Em tudo você vê duplo sentido", caramba!)* – pois, resumindo, Kelvin Oliva, o filósofo, é, de fato, Otávio Espinhosa, este matemático brilhante e subestimado que está diante de mim. Certo?

Os olhos dela brilhavam, adorável Sherlock Holmes. *Parece que eu estou sempre no meio de um jogo cujas regras desco-
nheço, contrariando Kelvin Oliva. O subestimado* – onze letras,
um número primo pleno de sugestões – *aqueceu suavemente
meu espírito, quase como se eu fosse uma pessoa amada*, como ele
diria a ela nove horas depois, num instante incontrolado de
fraqueza, no escuro, sob volutas de maconha (e felizmente ela
ficou quieta em retorno).

— Tenho planos para Kelvin Oliva, uma proposta – e Espinhosa sentiu mais uma vez o toque leve da mão quente no seu
joelho, acompanhando a voz mais baixa, praticamente um sussurro, que veio com um vapor de perfume: — Porque, se você
não percebeu ainda, é bom não se iludir e se antecipar: a Price
& Savings acabou hoje, meu querido. Vá recolhendo as gavetas.

Ele desviou os olhos tão próximos (onde entreviu uma
nesga rútila de verde em meio à pele morena, *houve um, dois*

ou três estupros em diferentes momentos dos últimos trezentos anos na minha genealogia secreta, ela diria depois, *sinta esses lábios*, e trouxe os dedos dele para si), e sentiu um soco desencontrado de lembranças, com a voz de Rachel em primeiro plano, o *eco bumerangue na cabeça*, concentrando-se aleatoriamente no primeiro monitor, *a indicação do DI Janeiro 2021 passou de 8,93% para 8,91% a.a.*, desviando-se para o segundo monitor, *segundo o Banco Central do Brasil o IBC-br caiu 0,38% contra -0,25 das expectativas de consenso do mercado*, e dali ao esbarrão proposital naquele velho senhor com o pedido de desculpas de má vontade e o sinal amarelo na cabeça – parado, sentiu vibrar mais uma vez o telefone no bolso da calça e resolveu atender ali mesmo, imóvel no meio da calçada, pedestres desviando-se dele como um fluxo de água diante de um tronco teimoso, *que me roubem essa merda de celular*, chegou a desejar para não ter de novamente enfrentar Rachel, *e lhe dar uma resposta nítida que ao mesmo tempo fosse uma tábua elementar de princípios que aquela filha da puta* – mas agora não era ela: viu o rosto imberbe de Daniel com sua boina vermelha à Che Guevara, a caricatura ridícula do rebelde sem barba, *caralho, tudo se repete, e se repete, e se repete, e se repete*, ele disse um ano atrás a Rachel sobre outro ataque histérico do filho, *a testosterona ideológica dos dezesseis anos, os fanáticos com missão na vida, puta que pariu, essa fase vai até quando?* e Rachel disse, *Você é muito intolerante, muito impaciente, e no dia a dia está sempre girando em outra órbita; e ele percebe que você sempre gostou mais da Lucila. Ele é só um adolescente. Tente equilibrar os afetos.* Como se *equilibra* um afeto? Kelvin Oliva não diz nada sobre isso.

— Oi, pai.

O tom era diferente. Ele se afastou lentamente em busca da proteção da marquise, desviando-se dos passantes; sentiu uma gota de chuva.

— A mãe disse que vocês vão se separar.

Tentou controlar a irritação, que veio em outra onda irresistível, o ar pesado estufando o peito. Ela está assumindo o controle de cada detalhe. *O computador esquecido aberto foi meticulosamente planejado.* Eu tenho de parar um minuto e recapitular tudo que conversamos há pouco, minuto a minuto. Enquanto isso, fico suspenso.

— Ela disse?

— Eu acho bom. Acabar com essa sua farsa de merda de vida em família!

A frase estava armazenada talvez há meses, esperando o instante ideal para seu pronunciamento. Ele podia sentir a respiração acelerada do filho, o esforço para agredir e manter o tom emocional à altura do momento. Daniel *achou um brecha*, ele contaria a Débora mais tarde, *para destilar aquilo; percebeu a fraqueza do pai, sentiu a minha queda, o velho momentaneamente indefeso, de pernas quebradas; e ele estava seguro, protegido pela distância e pelo telefone; já contava com o apoio sólido da mãe, que lhe dera um bom dinheiro. Agora sim, ele podia exercer a estupidez sem risco nenhum.* Débora virou-se para ele; na ponta dos dedos em sombra, a minúscula brasa do toco da *cannabis* apagou-se completamente e uma quase completa escuridão veio com o seu hálito: *Não diga isso, Otávio. Nunca.*

A agitação estava no ar da Price & Savings, um burburinho acima do normal em meio a lacunas de silêncio, o que ambos, lado a lado, sentiam relutantes, resistentes à passagem do tempo e a uma volta imaginária ao trabalho porque gostariam de continuar conversando horas a fio sobre Kelvin Oliva e o ex-marido de Débora, *o estúpido do Mateus*, o que ela frisava com volúpia, e sobre filhos, e sobre pequenas besteiras, talvez um rápido desvio para histórias de família (*Meu pai morreu na cadeia*, ele poderia contar, como num lance de truco sobre quem teria vivido o maior sofrimento, e sorriu intimamente quando esse modelo de competição amorosa surgiu num átimo, *Eu sou gaúcha*, ela havia dito, *uma filha de pais já separados, se você entende, que, mais tarde, virou somente filha do pai*, e antes mesmo de ponderar que isso já seria um bom ponto biográfico em comum – o que ele só faria à noite –, ele pensou no sentido do apelido secreto, *a herdeira*, a mulher que trabalha por esporte, alguém disse, *e com a frieza matemática do dinheiro*, ele tateou agora – mas não conseguiu encaixar plenamente essa expressão em Débora, algo transborda, ela é poeta, *é só o meu ressentimento, ou apenas deslocamento*, e ele pesou mentalmente a palavra, *deslocamento*, para testar se fazia sentido), *preparando a minha desmontagem emocional e moral sob a sombra de um afeto futuro.*

— Tem uma reunião no miniauditório do andar de cima – alguém disse quase aos gritos, passando por ali com a seriedade de quem antecipa uma informação incontornável e impactante, um terremoto está chegando, levantem-se daí ou serão mortos em poucos minutos. (Débora achou graça da imagem quando ele relembrou o momento; ela se apoiava sobre o cotovelo para acender o baseado como se quisesse ocultá-lo dele, que com as mãos em travesseiro atrás da nuca olhava para o teto escuro, iluminado num segundo brutal pelo fósforo aceso, para voltar em outro segundo a uma escuridão mais pesada ainda, e em seguida viu as volutas nervosas e agitadas da primeira tragada se pacificarem numa lenta espiral, um fio quase invisível, *parecia bem isso mesmo, seremos mortos em poucos segundos*, e sorriram no escuro.)

— Você não contou ainda como descobriu o verdadeiro Kelvin Oliva; preciso saber a fonte deste vazamento – ele disse quase como uma acusação a um tempo severa e farsesca, *isto abalará os pilares da República*, pensou em acrescentar, e tudo era apenas um truque para imobilizar o tempo, circular em torno de Débora e do momento presente, *não perdê-la*, ele confessaria depois, *não sair da aura da proteção feminina que por acaso agora o abrigava como uma breve asa neste escritório frio em fim de feira*; porque no mesmo exato instante pensava em Daniel, a fragilidade de vidro de seu filho bruto, simulando o que ele não era, tentando vestir uma carapaça endurecida que ainda não se ajustava à pele adolescente, *Eu também estou saindo de casa*, ele disse ao telefone como um adulto a outro, o toque arrogante e ridículo da presunção; *vou participar da ocupação dos sem-teto, e isso pode durar meses. Alguma coisa precisa ser feita*, acrescentou, ocupando o vácuo de um curto silêncio, já num tom quase apaziguador de quem estendesse a mão, *não me condene, sou uma pessoa boa. (O que se diz nesses casos?*, torturou-se ele atrás de uma resposta, e percebeu subitamente o mendigo estendido no chão sobre papelões e envolto num cobertor imundo que lhe cobria inteiro como a um cadáver em desova, exatamente ao seu lado, debaixo da marquise onde ambos se protegiam dos pingos de chuva, ele em pé, o homem deitado, como uma inesperada ilustração didática do discurso do filho, *quase que eu pisei na cabeça dele*, poderia dizer, *como todo este agressivo tropel de pernas que se trançam rápidas na calçada a um palmo de sua cabeça imersa em álcool.*) Pensou em perguntar: *A tua mãe disse por que vamos nos separar?* – e percebeu a ambiguidade, aquilo seria tanto uma pura pergunta quanto uma acusação a Rachel, uma espécie de *ela contou a você o que ela fez?*, e um surto de cólera acelerou novamente seu coração, *não pelo que ela fez*, ele poderia explicar agora a Débora, os fatos são neutros e irrecorríveis como sexo derramado, expressões do passado que começam a se encher de pó no minuto seguinte, *mas pelo que ela me disse, a lâmina cintilante que não se apaga.*

— Descobri há três semanas, por puro acaso, num jantar entre amigos e conhecidos. Mais conhecidos que amigos. Lembra o Jonas, que era daqui da área do câmbio? Agora está supostamente numa consultoria das montadoras, que entraram em baixa depois da farra das desonerações fiscais, mas eu acho que é outra coisa, até porque ele nunca foi consultor de nada. O negócio dele é outro. Na verdade ele faz lobby mesmo, algumas transferências de fundos, refinanciamentos de dívidas, *tudo legalíssimo*, garantia ele com uma insistência suspeita, e está ganhando um bom dinheiro. Talvez até demais. O Refis é uma mina de ouro. *O importante é que o homem não caia*, ele repetiu para mim umas dez vezes como uma reza, *e que nas reuniões ninguém leve celular no bolso* – e Débora sorriu. (*Ela nunca foi de risadas abertas, soltas, escancaradas*, pensou ele, sorrindo junto.) — O Odebrecht preso e a coisa continua insaciável. Bem, me chamou para um jantar com os contatos dele – e Débora baixou a voz. — Ele já sabia da prisão iminente do Sálvio e do Leritta. Aliás, sabia de tudo. O Jonas com certeza tem alguém lá na PGR.

— Eu lembro dele – disse Espinhosa, testando uma voz neutra para ocultar a fisgada múltipla no peito, de lembranças simultâneas. *Esse Jonas sempre foi um filho da puta*, mas isso ele não precisou dizer porque ela já deve saber, ele desejou, a pontada absurda de ciúme, a contraluz da janela criando um halo no perfil de Débora, *quando você se livra da sua mulher você se joga na primeira que aparece disponível, qualquer coisinha é uma promessa de paraíso, basta estar diante de você e sorrir – aquele sorriso, qualquer um, é um oásis mortal, arrasta você pelos cabelos, você bebe, você se endivida, você vira poeta, você* – e ele sorriu tenso, lembrando essa conversa de boteco de anos atrás, em que refazia aos amigos a catilinária picaresca e machista de seu pai, *o meu pai era uma figura.* Faltava sempre dizer: *a figura eu inventei. O pai era outro.* E o rumo da conversa (ele queria arrastar Débora para outra atmosfera, algum país mental paralelo, *povoado de afetos*, o verso que lhe surgiu do nada, *talvez do próprio livro dela que Rachel arremessou na mesa*) trouxe-lhe mais uma vez as últimas palavras que ouviu da mulher, que o derrubaram, como agora, coração novamente acelerado, mal ouvindo o que Débora prosseguiu dizendo, *eu preciso recapitular.* Talvez matá-la. Não com uma queda da escada. (*Eu vi,* diria Daniel; *você empurrou minha mãe.*) Um tiro único na testa, limpo, como nos filmes. Augusto seria o acusador, mostrando aos jurados a bala recuperada pela balística como um diamante raríssimo, o fascínio do disparo, o dedo no gatilho como a extensão da alma: *Um pequeno Otelo, senhores. Em pleno século XXI.* Espinhosa quase balbuciou: *Não foi o ciúme, imbecil.*

— Você não está ouvindo, Otávio. Está viajando.

Não foi uma observação irritada. Débora sorria e mantinha os olhos nos olhos dele, com uma curiosidade ao mesmo tempo aguda e tranquila: *o que exatamente está se passando na cabeça dele?*, ela parecia perguntar, e tocou-lhe o joelho, uma espécie de *desça à Terra, por favor.* Espinhosa sacudiu a cabeça para se livrar de sua própria frase, *não se mata o mandarim, nunca*, estendeu o braço e aproximou-se até a fronteira do perfume, avançando o suficiente para, em retribuição, tocá-la no ombro pela primeira vez, *Desculpe, Débora, estou vivendo um dia, um momento...* – e não foi preciso acrescentar nada.

— Eu sei.

Recapitular, ele pensou, recolocando-se próximo ao trailer dos policiais, o telefone na mão, o círculo verde do celular e a fotografia de Rachel – *atendo?* Pedaços demais quebrando-lhe a cabeça – se eu encaixar todas as peças, e falta pouco, e esse é o momento, serei de novo um homem feliz, e o *de novo* lhe bateu como uma peça fora do encaixe: alguma vez fui feliz? Sim, quando nasceu Lucila e Rachel entrou em depressão pós-parto, e ele percebeu que era um homem importante naquele momento, como num manual básico de autoajuda – fiquem tranquilas, vocês duas, *eu estou aqui*; só um jovem arrogante e ignorante e bem-intencionado pode garantir, de fato, *que está ali*; há sempre um braço faltando, um desencaixe do coração, uma perna mais curta, um fungo de unha; também foi feliz quando ganhou dois milhões, trezentos e vinte e três mil, duzentos e cinquenta e dois reais e vinte e um centavos, após seis dias mortais de oscilação da Nasdaq em uma das febres da segunda metade dos anos 90, na única verdadeira aposta que ele fez por sua conta e risco, com seu próprio dinheiro e não com a carteira alheia (seguro e escorado nos relatórios diários da Price & Savings, *seu Antunes, acho que o senhor poderia aplicar a metade do seu capital no fundo Enterprise Plus, e a outra metade na sólida renda fixa, com a perspectiva de baixa de juros no longo prazo*), descontados todos os impostos e taxas de acordo com a lei: sentiu-se *feliz* como em nenhum outro momento. *Você não é um jogador, meu filho; nunca será*, dizia-lhe o pai; *não se meta a rabequista para não acabar como eu, neste apartamento de merda, enquanto o filho vai a Harvard*, e ele entendeu aquele dinheiro suado (ele não conseguia dormir durante aquela semana, acompanhando febril os gráficos) como a vitória sobre um ressentimento tão oculto que ele só descobriu que existia ao superá-lo. (Mecanismos desconhecidos que parecem vir do nada para nos quebrar, como no momento em que subiu no elevador com Débora, depois do jantar, e lhe bateu uma inexplicável timidez, uma invasão bruta de anticorpos emocionais a uma ansiedade voraz que parecia sugá-lo inteiro até um insuportável vazio, e que só iria explodir – *no bom sentido*, ele sussurraria a ela, mais tarde, a ponta da língua percorrendo-lhe a nuca – quando enfim, ainda trêmulo, lhe tocou a cintura, na janela imensa, diante da cidade escura.) *O dinheiro é um afrodisíaco clássico, não?*, cutucou-lhe Jonas, quando soube, ou *farejou*, seu lance de sorte, ele parece um cachorro abanando o rabo. E você vai comprar tijolo com essa grana?! Com os maiores juros do mundo aqui na porta? Por que você não se consulta com você mesmo, com o grande consultor econômico Otávio Espinhosa? Você e a torcida do Corinthians sabem que eles vão ter de segurar o Real com câmbio e juros, enquanto a inércia da inflação não passa, e vai demorar a passar. E quem apostar contra vai perder. Não seja idiota – pague aluguel e rode o dinheiro.

Era o que todo mundo sabia e dizia. Mas ele foi tranquilamente idiota, como se obedecesse ao seu pai, *não se meta a rabequista*: comprou o apartamento de onde, provavelmente, Rachel está ligando agora, e de onde certamente ela não sairá depois da nossa implosão, a foto sorridente, o botão verde à espera de seu dedo, *vou estragar ainda mais o meu dia*. Aceitou a chamada.

— Otávio? Você pode falar?

— Rachel.

Nem uma pergunta, nem uma afirmação: o coração faz *tum tum tum tum*, uma vez ele brincou, a mão dela no seu peito, e, no silêncio da madrugada, quase dava para ouvir. Sentiu uma espécie de osso travando a garganta.

— Desculpe. Eu devo desculpas a você.

Ele avaliou com cuidado a voz da mulher. Sentiu uma aura provavelmente sincera de contrição, mas sob um anteparo finíssimo de alumínio, o espírito da segurança que ela sempre manteve desde que apareceu diante dele no anfiteatro para ocupar o lugar vazio de Teresa. Ele permaneceu em silêncio. O policial adiante dedilhava atentamente seu celular e uma senhora de verde abriu uma sombrinha inútil – não estava chovendo. Ele permaneceu em silêncio; abriu os lábios para dizer *acabei de almoçar com a Lucila, e levei ela até o metrô,* como alguém que reingressa à segurança da normalidade e ali fica em pé de novo, a filha como referência básica, o valor indiscutível – as coisas simples.

Eu sei como é, disse-lhe Débora, quando ele comentou. *Quer dizer, eu imagino, porque na vida jamais senti "normalidade", assim, entre aspas, tudo sempre era descompensado e fora do eixo, mas sempre, pelo menos depois da passagem para a vida adulta, o desastre do primeiro casamento, me senti segura.* É a força do dinheiro, ele quase brincou, como se estivesse na roda do café ou conhecesse Débora desde a infância, a princesa e o mendigo. Mas não brincou, decidido a empurrar a noite até onde se estendesse, talvez correr permanentemente em direção do oeste à mesma velocidade de rotação da Terra, 465 metros por segundo, não quero que amanheça o dia, ele chegaria a dizer, quando o dia já estava prestes a amanhecer. Abriu a carta de vinhos e disse, um carmenère? Tudo bem, Kelvin Oliva, um carmenère – mas lembre-se de que este é um jantar de negócios. Como nos bons romances, eu estou comprando a franquia. E eles riram; mas ela tomou o cuidado de tocar sua mão, numa espécie de "é brincadeira, você sabe", e ele ficou feliz com aquele brevíssimo calor dos dedos.

— Eu acho que foi o meu inconsciente que deixou o computador aberto na mesa da sala, justamente na página de correio, com uma cadeira convidativa em frente para alguém se sentar e tocar o *touchpad* e começar a trabalhar. – Ela fez uma pausa, e eu não disse nada; era uma advogada a trabalho, defendendo sua cliente, que era ela mesma. O anteparo se endurecia. Talvez ela tenha avaliado o efeito emocional deste introito, e calculado rapidamente o melhor rumo a tomar para convencer os jurados. Como se ela se explicasse ao mundo, não para mim, que sou irrelevante. Senti alguma coisa pesada, diante do meu próprio desastre: o esforço da normalidade, quase uma *concessão* que ela fazia em me explicar. A filha da puta estava cheia de razão. Uma couraça retórica inexpugnável. O tom de voz mantinha uma severidade quase metálica. *E percebi pela primeira vez na vida, só pelo tom de voz, que eu estava diante de uma estranha absoluta, de alguém que eu nunca havia visto antes*, e Débora disse, *No meu caso foi diferente, eu detestei o Mateus desde a primeira transa e me senti aquelas mulheres da nobreza europeia que saíam com treze anos de idade da... sei lá, da Áustria, para casar com algum jovem gay na Escócia rodeado de anões ou um velho tarado torturador na Galícia.* Ele sorriu das imagens, os dentes no escuro. Há mesmo alguma coisa *aristocrática* na Débora; o exemplo que ela deu não surgiu por acaso; o tom da voz, talvez, o modo suavemente distante e ao mesmo tempo docemente afetivo. *Você não quer mesmo um tapinha? É relaxante.* E ele disse: *Não. Preciso de sobriedade completa para a minha engenharia emocional reversa.* Débora voltou-se para ele, duas figuras de sombras, uma diante da outra, o perfume da maconha, um friozinho que começou a descer como uma discreta neblina sobre a pele nua. *Você é engraçado*, ela disse, e ele ouviu aquilo sentindo um prazer tranquilo. As pernas se tocaram involuntárias e ele sentiu ressurgir um sopro de desejo; *o passarinho se move*, ela denunciou, e eles riram.

— Otávio: eu, ou o meu inconsciente, sabia que você sempre levanta de madrugada para beber água, passando exatamente por ali. Também conheço você o suficiente para saber que não resistiria a fechar o notebook, pensando *a Rachel esqueceu o computador aberto*, e iria até ali para simplesmente fechá-lo, com aquela coisa obsessiva-compulsiva, que vem sendo cada vez mais a tua marca, de que tudo tem de estar no lugar certo e do jeito exato; talvez até pegasse o notebook já fechado e o levasse até o meu escritório, obedecendo a essa merda da matemática da vida e seguindo o impulso incontrolável de ordem. *Era como se eu pudesse vê-la diante dos jurados. Descrevendo cada passo da sequência fria dos fatos, para então desfechar a acusação final, ou a defesa demolidora. Uma boa advogada. As pernas firmes sob a saia negra e elegante. Ela foi ficando cada vez melhor nisso, mas eu senti uma rachadura: aquele "merda da matemática da vida" havia lhe escapado a contragosto – percebi o ressentimento destilando no outro lado da linha.* Otávio, se as coisas tivessem acontecido assim, a situação não teria este desfecho desagradável. Eu estava planejando falar com você hoje mesmo. Na verdade estou planejando isso faz meses. Simplesmente colocar as nossas velhas cartas na mesa. Nós não podemos mais viver juntos. Você deve saber disso há muito tempo. Ou deveria, se olhasse em torno.

Ele ia dizer *não sei, nunca soube*, mas mordeu a língua, olhando em torno, e percebeu o policial guardar o celular e debruçar-se sobre o balcão do trailer atrás de um papel qualquer, dizendo alguma coisa ao segundo policial que, agora ele, consultava atentamente o seu celular. A avenida estava tão barulhenta que provavelmente ele não ouviu o que o outro dizia, e o próprio Otávio perdeu um trecho de Rachel: – ... e para a Lucila também. Acho que eles mereciam mesmo saber antes de todos.

Entendeu que ela contou aos filhos hoje de manhã e assim encaixou as peças dos telefonemas de Lucila e Daniel. Assunto encerrado. Pensou em perguntar *e como eles reagiram?*, como se fosse uma simples pergunta caseira antes do almoço, *o que eles acharam da ideia de mudar de colégio* ou *por que eles não querem ir ao aniversário da tia Vera*, mas isso seria aceitar tranquilamente a *normalidade*. Não perguntou nada, e ela respondeu assim mesmo, como se adivinhasse o que ia em sua cabeça.

— O Daniel ficou agitado e no fim disse aquelas frases de militante. "O casamento burguês é uma farsa. Melhor assim", alguma coisa nesse estilo. É a fase dele – ela explicou, didática, como se conversassem sobre métodos e processos da educação dos adolescentes e Otávio tivesse alguma dificuldade para compreender. — Mas reagiu bem. - Ela fez uma pausa. — Queria saber onde você iria morar. Foi a primeira pergunta que ele fez. Parecia muito interessado. Talvez ele queira morar com você. O que você acha?

Na verdade, é você que quer saber onde eu vou morar. Eu me livrei da Teresa, para casar com uma mulher que foi uma segunda Teresa – e agora, terei diante de mim uma terceira Teresa? Esse misterioso ponto de contato entre os traços de Débora e os traços de Rachel. Há uma índia em comum em algum cruzamento de família, há trezentos anos. Devo me cuidar? Hoje à tarde saberei. "Preciso falar com você", ela disse. "Quero te mostrar uma coisa que esqueci em casa. Vou pegar na hora do almoço."

— Otávio, você está aí? Está ouvindo? A ligação está ruim.

Custou a sintonizar novamente.

— Pode falar. Estou ouvindo. Estou aqui na Paulista. E a Lucila, o que disse?

Outro breve tempo de silêncio.

— No começo reagiu mal, e teve uma crise de choro. O Daniel já tinha saído. Passou logo. Ela está bem. – Fez uma pausa, e acrescentou mais um índice de *normalidade*: — Ela me disse que quer fazer letras. Começou a conversar comigo como se eu não tivesse contado nada. Não tocou mais no assunto.

Matar o mandarim. Ela deve ter esperado a mãe sair para me ligar. *Vamos almoçar juntos?* Sentiu uma onda de ternura pela filha, refugiando-se nela. Finalmente, a pergunta:

— Como você soube que eu havia lido o que estava ali?

Ele já sabia a resposta, e passou o dia recapitulando mentalmente: sim, eu fui beber água (antes: a filha da puta esquece de dizer que há mais de um ano praticamente não me procura – a mão na minha barriga à noite, o abraço encaixadinho, a perna que se dobra sobre a minha perna, sempre tão marcante, e o beijo, principalmente o beijo, tudo foi rareando, escurecendo, apagando, até sumir), o que é uma espécie de reflexo automático às quatro e vinte e cinco, quatro e trinta da madrugada. Sim, passei na saleta e vi o notebook aberto, porque deixamos sempre a arandela do corredor acesa, o que dá uma claridade difusa, protetora de quem acorda no meio da noite e quer passear pela casa, abrir a geladeira, ver um filminho insone com o som bem baixo para não incomodar ninguém, e, sim, você acertou, desviei o caminho para fechar o notebook aberto (e então eu ouvi: você também se levantou; eu ouvi isso agora, nitidamente; no momento, não me ocorreu o *porquê*) e toquei no computador, um gesto descuidado, sem peso, mas o suficiente para ele súbito iluminar-se, na bruxaria digital; e eu já ia fechá-lo, a mão avançando sobre o monitor, bastava fechá--lo e tudo se apagava, e senti os teus passos clandestinos na sombra do corredor e meu primeiro impulso foi não fazer barulho, como se você fosse uma sonâmbula que não deve ser acordada em serviço e então, a cabeça inclinada em direção à tela acompanhando o gesto automático de fechá-la, ainda sem gramática ordenadora capaz de entender frases, eu vi algumas palavras soltas na tela como se eu lesse através de uma máscara com recortes revelando apenas informações avulsas e desconexas, Otávio, você, sexo, separar, paixão, beijo, e eu senti um choque que me levou a sentar naquela cadeira que você deixou oferecida especialmente para o meu conforto, e enquanto meus olhos enfim se concentraram e percorreram a primeira sentença mais ou menos completa – *a paixão que eu sinto por você* – no mesmo instante *senti* que você me via, que você estava na parte escura do corredor avaliando o efeito daquelas palavras, você estava me fotografando mentalmente para analisar cada traço do meu rosto, para saber exatamente como seria minha reação, e eu li uma segunda frase para confirmar que se tratava de uma ilusão de óptica, que eu estava apenas enlouquecido pela falta de sexo, e a frase era *eu não suporto mais viver com ele*, e então eu comecei a entender, eu entendi enfim, me convenci em poucos segundos que aquilo tinha sido escrito para mim, não para o Augusto; virei a cabeça em direção ao corredor para ver você, mas, talvez pelo brilho forte do monitor ainda queimando meus olhos, não vi nada, apenas o escuro. E no entanto você estava lá.

— Mas você queria saber como eu descobri que Kelvin Oliva era você. Então. Onde eu estava? A tua distração me distraiu também.

Alguma coisa começou a acontecer aqui, ele pensou, e pensou em dizer em voz alta, olhando as mesas todas vazias, o escritório inteiro subindo ao andar de cima para a grande reunião pré-abatedouro, a segunda do dia, cabeças decepadas, sangue, braços empilhados, barrigas perfuradas, uma rede suspensa plena de pés pingando, um gigantesco moedor de carne, alguém tem de manter a economia funcionando, e esse pessoal pensa que são eles a parte insubstituível enquanto o país carrega o piano, e ele voltou aos olhos de Débora, e o que está acontecendo de relevante na minha vida não é esta debandada; é antes o desespero de eu compensar meu desastre afetivo com esta atenção delicada da voz de Débora.

— Onde você estava? Você estava jantando com o Jonas, com um grupo de escroques, todos preparando uma grande negociata para tirar dinheiro grátis do governo; quer dizer, o meu, o seu, o nosso – e Débora parou um segundo, o sorriso se armando de surpresa diante do que ouvia, até que, enfim, abriu-se a primeira risada aberta de Débora, uma risada *defensiva*, ele calculou, um modo de ela marcar terreno diante do que acontecia (algo como *eu não sou tonta*) e ao mesmo tempo revelando a surpresa do humor de Otávio, o sisudo da consultoria, a máquina de calcular, o raiz quadrada tem também opiniões políticas e uma sólida ética, tal qual seu tataravô. Ele se deliciou com a reação dela, e com o outro toque no seu joelho: já foram cinco toques, ele contabilizou, temos de chegar a sete e depois a onze, e então – e a alegria dela com a piada dos escroques como que amortecia o azedo do telefonema recente.

— Acertei? – e imediatamente ele temeu que ela entendesse a brincadeira como uma agressão, o que, é claro, ela não fez, porque ele apenas repetia o que ela mesma havia dito de outra forma; o importante, no inesperado surto de ciúme, era destruir a lembrança de Jonas, e imaginou levar Débora a um bar qualquer, sair dali, arrastá-la para longe e *abatê-la*. A palavra veio de longe: *Meu Mozart, mulheres devem ser sempre abatidas com carinho*, dizia o pai. *Eu acho que a gente deve virar rapidamente esta página*, disse-lhe Rachel, impaciente. *Reconheço meu erro de deixar aquilo para você ler*, ela frisou, ou confessou. *Mas não posso fazer disso o resto da minha vida. Um erro não é o fim do mundo; é só um erro. O meu dia é sempre o seguinte. Eu ia falar com você a respeito exatamente esta manhã. Eu ia dizer uma frase direta, simples, sincera: Otávio, eu não posso mais viver com você. Eu só não poderia esperar que você se antecipasse e lesse minhas mensagens. Quando acordei à noite, vi que você não estava ao meu lado, e percebi que havia deixado o computador aberto na sala, vivi um instante de terror, já antecipando a cena, e.*

Ela viveu um instante de terror, e ele olhou para o celular, sem ouvir o resto da frase, e desviou os olhos da fotografia sorridente de Rachel para o movimento da rua, *a técnica do escape*, diz Kelvin Oliva, no capítulo 8 – quando a tensão é insuportável, dizia ele, fuja durante um tempo; é uma sabedoria simples. *Arremessar o telefone lá no meio do asfalto, para um ônibus passar por cima? Os policiais viriam me prender por... pelo quê? Descarte de material digital sem seguir o protocolo de segurança?* A fuga da realidade não é necessariamente má, se ela for tática, e não essência. *Tire essa parte*, disse-lhe Rachel, lendo os originais. Não não, não apague tudo, não foi isso que eu disse, a ideia está boa – tire só essas palavras, *tática, essência; e principalmente esta aqui, substância. Você não é o Spinoza; é só parente dele.* (Ele lembra que deram uma risadinha e ele subiu a mão pelas coxas de Rachel, que estava de saia, pronta para ir trabalhar, e ela deu um tapinha na mão dele.) Use outras palavras, seja mais simples. Kelvin Oliva é um filósofo do povo. Você não quer bater o Clery Medeiros? Ele é craque nisso. Seja feliz! Plim! E o cara *fica* feliz. Dê exemplos – ah, você pode até escrever: "Um exemplo vale por mil palavras", e os dois riram. Foi divertido escrever aquele livro, e mesmo agora Espinhosa conseguiu sorrir só pela sombra da lembrança, *um exemplo vale por mil palavras.* Recapitular: essência é viver permanentemente uma mentira. Tática é ter uma noção clara da realidade e *escolher a fuga*, durante um tempo, para respirar e sobreviver. *Eu respirei e sobrevivi*, ele pensou em dizer a Débora agora, como quem relata um triunfo, quando colocou de novo o telefone no ouvido e retomou o fio da voz de Rachel: *... com a Lucila, tudo bem; eu acho que ela ficou triste mas vai entender. E o Daniel, eu dei um bom dinheiro a ele porque esse tal acampamento de comunistas sei lá o que vai ser, é bom ele ficar com alguma segurança. Enfim, eu acho importante a educação política. Você nunca entendeu isso. Você acha que as pessoas são só números.* Kelvin Oliva teria sido profundo assim, se lhe ocorresse: *as pessoas não são números*, puxa, que profundo, ele poderia dizer, com o sarcasmo miúdo do ressentimento, e ele olhou outra vez para o telefone e para o sorriso da fotografia de Rachel, como quem acha uma vereda por onde ficar em pé.

— Acertou total! Era exatamente isto: uma mesa de escroques. Bem, nesses casos eu sempre ouço muito mais do que falo. Alô, Otávio! Você já desceu à Terra ou levantou voo de novo? – e ele riu, sacudindo a cabeça como quem se livra de uma borboleta e sentindo a mão de Débora de novo no joelho, *tem um toque remotamente maternal nisso, oito vezes já, faltam três para onze, depois treze, depois dezessete,* e ele teve uma sensação de *centro do mundo* naquela sala imensa e vazia, só o brilho dos mil monitores ligados nos indicadores econômicos e o suave e contínuo respirar do ar condicionado, um barulho longínquo de xicrinhas, talheres, louças lá da cozinha no fundo do corredor, enquanto no andar de cima decretavam o fim da Price & Savings. *Vocês não vão?*, perguntou o último que passou por ali, semblante pesado pela demissão próxima, e eles nem responderam, olhos nos olhos, ela animada com a recordação, *e de repente, eu já me preparando para sair daquela caverna de Ali Babá antes mesmo da sobremesa, e ouvi alguém dizer "pois vamos seguir a matemática da vida, como diz o Kelvin Oliva".* Aquilo me acordou como um choque elétrico. Era como se eu estivesse com o Mateus de novo – a voz que eu ouvi era de um tal de Pedrinho, que agora trabalha com o Jonas. Pois ele estava usando o teu livro...

— Meu, não. Eu não escrevo. A obra é do Kelvin Oliva – e Espinhosa ergueu os braços como quem se rende, numa ironia defensiva. *Oliva me lembra Rachel, eu poderia dizer (mas aí perderia a graça do jogo, ela quer comprar Kelvin Oliva – e se você está interessado numa nova mulher,* soprou-lhe a voz do pai, *nunca faça a ela referência à que você tem em casa).*

Débora olhou para ele armando um sorriso.

— Sim, sim. Kelvin Oliva, o seu duplo. O gênio da sabedoria existencial que ainda vai nos deixar muito ricos. – *Então a herdeira está quebrada?*, ele pensou em perguntar, como se fosse uma brincadeira, mas mordeu a língua a tempo. O andar inteiro conhece o apelido, exceto, é claro, ela mesma. *Falta a você*, disse-lhe Rachel, *inteligência emocional. Na verdade, você tinha bastante, você me conquistou com ela, mas parece que foi perdendo os talentos pelo caminho. Os filhos mudam a gente.* Ele sentiu uma pequena vertigem, que lembrava labirinto, *isso é labirinto*, disse-lhe alguém uma vez quando ele descreveu o sintoma; *vá ao médico.* Ninguém perde inteligência pelo caminho. *Perde caráter*, ele testou a afirmação consigo mesmo, digo em voz alta? – a língua prestes a dizer, mas achou pesado demais, ressentido demais, estúpido demais, mesmo para a filha da puta de sua mulher. Os policiais agora conversavam animadamente do lado de fora do trailer e um deles chegou a rir – talvez falassem de futebol, *ninguém tira o título do Corinthians este ano*, alguém disse de manhã no escritório; nenhum dos dois olhava para o celular. Ele pensou no sexo com Rachel, e no fim do desejo, o esmorecimento progressivo, e avaliou se aquilo era sintoma, causa ou consequência – em qual categoria se encaixava? *O desejo é o apetite que tem consciência de si mesmo*, escreveu seu tataravô Spinoza, e ele pensou na palavra *apetite*, que parece salivar, puxando o sentido para a carne, não para a inteligência; desejou que Débora colocasse sua mão de unhas vermelhas mais uma vez no seu joelho, *um escape, talvez*, ponderou, pensando em si mesmo, e Rachel lhe voltava à cabeça, *mas vamos encerrar de uma vez por todas esse capítulo de nossas vidas*, ela disse, a voz cada vez mais dura e profissional. *Foi bom, mas tudo chega ao fim*, ela concluiu, incorporando a alma e a sabedoria de Kelvin Oliva, que no momento (ele poderia dizer a ela) não está me servindo de nada. Estou apenas sendo reapresentado a ele. *Acertamos tudo depois. As crianças já entenderam e logo tudo se normaliza. E praticamente temos bens separados e não deve haver nenhum problema que a gente não resolva. Tudo bem?*

Talvez eu devesse nomeá-la minha advogada, para cuidar do espólio, mas ele não disse. *Sou capaz de tirar a raiz quadrada de 2017*, o número que ele viu no trailer ao final de um logotipo coberto pelas pernas dos policiais, *quarenta e quatro vírgula noventa e um, em menos de um segundo; quanto ao resto, sou lentíssimo.* Dê tempo ao tempo, como diria Kelvin Oliva. Mas ele não consegue sorrir com a autoironia. Porra, caralho, boceta, filha da puta. *Meu Mozart, desculpe minha linguagem, mas quando a coisa fode mesmo, a solução é soltar a língua aos gritos até esvaziar.* O peito difícil, travado. Matar o mandarim antes do divórcio.

— Tudo bem.

Ele ouviu o pigarro do outro lado. Nitidamente, ela respirou fundo.

— Tem outra coisa. O meu escritório foi contratado hoje para defender o Sálvio e o Leritta. Vamos entrar imediatamente com um habeas corpus. Por isso mesmo, preciso de uma informação absolutamente crucial – você pode imaginar, e já deve estar pensando nisso agora – que diz respeito a tudo na nossa vida. Pessoal e profissional, porque esse processo vai ter consequências por muitos meses, e vai revirar a vida de muita gente. Pode até, enfim, derrubar o homem, que é duro na queda. Mas a minha função é só defender os dois, e de certa forma o destino da Price. Otávio, por favor, por nós dois, e até pelos nossos filhos, eu preciso saber. Me diga:

Seguiu-se um silêncio. Um ônibus parou no sinal vermelho e ele extraiu a raiz quadrada do número do veículo abaixo do nome da empresa, 30,36, esperando a próxima frase que, finalmente, *me destruiu*, ele pensou em contar a Débora enquanto ela, apoiada no cotovelo, acendia o baseado e dava uma primeira tragada, a brasa ativada um vaga-lume na escuridão, o perfume adocicado como uma breve anestesia.

— Você está envolvido?

A menina de tranças se aproximou com uma determinação estranha em direção a ele, e quando ela chegou mais perto, indiferente àquele grupo de pessoas que ia e vinha no que parecia uma festa, mas todos esquisitamente tensos, ele percebeu que ela não era uma menina, *uma colega da Lucila*, ele chegou a pensar, o que lhe deu um arrepio de desconforto; era uma mulher adulta, jovem mas adulta, com uma expressão ao mesmo tempo severa e interessada, o que contrastava vividamente com alguns *índices sexuais*, ele pensou, recuando por instinto, as tranças, o clássico batom vermelho dos lábios, uma estranha semelhança com Teresa, e mais a saia, que ao chegar mais perto se revelou de cor verde, o que lhe dava um pequeno choque de frieza, e ele temeu subir a mão por suas pernas, uma ideia que o atormentou a ponto de fazê-lo suar, *eu sou compulsivo*, ele diria em sua defesa, e ali adiante, numa roda de amigos tristes, quietos, como se acabassem de ouvir uma notícia horrível, um deles fazendo um movimento de quem vai se ajoelhar para alguma contrição – ele viu nitidamente, o que lhe deu uma breve taquicardia –, Rachel fitava-o com firmeza, a cabeça imóvel, o olhar que ele conhecera a vida inteira e do qual nesse momento fugia, concentrando-se na menina agora a poucos centímetros dele, uma proximidade desconfortável. *Meu nome é Linda*, ela disse, abrindo-se num sorriso desarmante. *Assisti a sua aula, dr. Kelvin, e quero me inscrever no seu curso de orientação existencial.* Ele deu um passo para trás, e ela deu um passo para a frente, como se fosse um jogo, *agora é a sua vez.* E disse: *O senhor acha mesmo que vivemos num mundo completamente totalitário, e que o único modo de comunicação verdadeira entre os seres humanos é desenvolver um código secreto entre pessoas que se gostam?*

— Você cochilou um pouco – ele ouviu, sentindo as mãos de Débora nos seus cabelos, as unhas fazendo linhas em sua cabeça, *como um arado*, ele pensou em brincar, *você semeia a minha cabeça*, no alívio de quem acorda de um pesadelo. Abraçou-a e apertou-a em silêncio, e fechou novamente os olhos, *o que nesse escuro não faz diferença*, ele pensou em dizer. Os narizes se tocavam, e ele não achou mau respirar o ar respirado de Débora, com o aroma da maconha e um calor misteriosamente estrangeiro. *Eu estou com frio*, ela disse, batendo os dentes e aninhando-se mais nele. *Um corpo estrangeiro*, ele pensou. *Cada trecho é diferente.*

Ele tomou um gole de vinho, ainda sentindo uma sombra do calor da mão de Débora, a memória estonteante do *assédio* na sala vazia, os mil monitores solitários piscando em solidariedade àquele afeto mútuo enquanto no andar de cima corria solta a matança dos inocentes, sabres decepando cabeças sob o olhar cruel de capitalistas biônicos, *mãos ao alto, isso é um assédio*, e ele riu mais uma vez, *então eu estava na sua mira*, e ela riu, *assim parece que eu sou uma pistoleira*, e ele riu. *Não é?* – e estendeu a mão para suavizar o que dizia. Ela deu um gole do vinho e fechou os olhos. Sussurrou: *Na boca, a carmenère tem taninos mais tranquilos, é verdade, mas sem a delicadeza da pinot noir.* E abriu os olhos: *Ouvi esta frase anos atrás, num curso de degustação que o Mateus inventou, e achei tão bonita que decorei. Uma uva tranquila, é verdade, mas sem muita delicadeza. Acho que eu sou uma uva carmenère.* Ele sorriu. *Permite discordar?* Foi a vez dela de segurar a mão dele, mas agora mantiveram o toque; os dedos se percorriam e ele sentiu ela girando a sua aliança no anular, e ele percebeu que ela não usava anéis, apenas uma pulseira fina, para onde seus dedos avançaram, os dois se olhando como num joguinho às cegas, quem encontrar algum segredo ganha. *Não. Não permito discordância.* Eles riram. E ela inteira como que se desmanchou, feliz: *Brincadeira.* Fixaram os olhos um tempo imóveis, até que, como se de comum acordo, afastaram as mãos, e ele suspirou. *Então me explique. É coisa demais para a minha cabeça, tudo num único dia.*

— É simples, Otávio. Abrir um curso de orientação existencial do dr. Kelvin Oliva: "A matemática da vida". Não ria. Vou te mostrar a sala que eu tenho perto daqui e que acabou de desocupar. Vou empresariar você, que é um gênio e não sabe. Vamos ressuscitar Kelvin Oliva. É uma matéria-prima excepcional. Um capital cultural em estado bruto, que vamos transformar em grana e influência. Você não tem noção do próprio poder: você conseguiu fazer o Mateus ler um livro. Você conseguiu ser assunto importante de uma roda de escroques do Estado. Um deles disse: *Olha, eu já li esse livro,* A vida matemática, *uma coisa assim, não me lembro bem. Tinha uma parte muito legal sobre manter o controle em situações difíceis. Uma coisa em tópicos, um, dois, três. Achei sensacional.* Quase que eu disse para aquele idiota: se vocês levarem o plano adiante, esse livro vai ser útil na cadeia. Eu já estava para levantar e sair dali, menos por partilhar de uma reunião de corruptos, e mais pela imbecilidade intelectual deles. Até os ladrões são mais primitivos aqui. Escondem milhões de reais em notas de porta de igreja e depois choram copiosamente as injustiças do mundo.

Otávio começou a rir. Ela segurou a mão dele:

— Você está rindo? – e aproximou a cabeça, levando o perfume. Cochichou, apertando-lhe a mão: — Eu posso fazer de você presidente da República. Me dê um prazo.

O riso a contagiou, mas não muito – *e ela como que repetiu o gesto de Rachel de anos atrás, as duas mãos abrindo-se diante de uma faixa imaginária*, "Kelvin Oliva". "Otávio Espinhosa" não dá, parece um ouriço, mas Kelvin Oliva impressiona. Você mesmo criou o nome? É muito bom.

Ele sentiu um sopro do desconforto. *Não quero falar disso*, pensou em dizer. Fez um *sim* ambíguo com um movimento de cabeça, sei lá quem criou a merda do Kelvin Oliva. Tudo neste nome lembrava-lhe Rachel, que, como um fantasma pegajoso, permanecia entranhado na sua alma. *Você está envolvido?* Por que, para ele, aquela pergunta havia sido mais agressiva e mais violenta do que a dança lenta e irreversível da traição que sofria? Se eu fosse matá-la, seria por esta pergunta, ele poderia dizer à sua filha. Aquele instante de fria desconfiança: *Você está envolvido?* Vinte anos de vida em comum com esta filha da puta, e ela me pergunta: *Você está envolvido?* A estranheza em estado absoluto. Girou a garrafa de vinho para ler o ano do rótulo, 2015, raiz quadrada 44,88, o que lhe pareceu um bom augúrio, pares dobrados, e voltou ao *assédio*. A mão tocou-lhe o joelho pela décima primeira vez, e ali ficou, enquanto ela dizia, *e então, quando eu já me levantava para ir embora, um deles disse – justamente o único que eu não conhecia –, "não sei se vocês sabem, mas esse tal de Kelvin Oliva não existe. É pseudônimo de um tal de Espinosa, Otávio Espinosa, alguma coisa assim. Eu soube pelo antigo editor dele, que pediu falência e hoje trabalha com importação da China, que o cara é um gênio matemático de uma financeira, mas completamente maluco". E eu, é claro, levei um choque e voltei a sentar.*

— Completamente maluco – ele repetiu em voz baixa, já em direção a um sorriso, como se aquela informação do nada explicasse toda a sua vida, absolvendo-a, enquanto a mão de Débora estacionava sobre o seu joelho exatamente no décimo primeiro toque, ele sabia que aconteceria alguma coisa ao se atingir este número, e sua cabeça se aproximasse lenta com o perfume, o que lhe permitiu observar detalhes novos daquele rosto que lhe pareceu especialmente bonito, os *lábios e os olhos*, ele explicaria mais tarde, ambos nus na sala vazia, *eu não conseguia tirar os olhos de você como se fosse de novo um adolescente apaixonado*, e ela *segurou* o seu joelho, um leve aperto de efeito sutilmente irradiante, quase elétrico, usando-o como um discreto apoio para levar a cadeira de rodinhas para ainda mais perto dele, numa aproximação milimétrica, cuidadosa, planejada.

— No mesmo instante, como num *plim!*, *A matemática da vida* ganhou uma outra personalidade, é claro. Meu desejo era reler imediatamente o livro, e lamentei minha separação do Mateus somente por isso. Assim que saí dali, onde o celular era proibido, já no elevador entrei num sebo virtual e encomendei um exemplar, este que está aqui, da nossa amiga Dora Tilber. – E ela baixou a voz: — Porque eu sempre prestei atenção em você.

Eu também em você, ele pensou em responder, mas se conteve, para evitar a simetria óbvia, enquanto paralisava a perna direita, temendo que aquela inesperada ave que ali pousava descolasse dele as unhas delicadas.

— E enquanto eles voltavam a falar sobre a intermediação do plano de renegociação de dívidas com o governo e o quanto isso seria discreto, seguro e lucrativo, porque é daqueles raros casos que interessam com a mesma intensidade a todo mundo ao mesmo tempo, faltando apenas o *agente lubrificador*, digamos assim, e o Jonas olhou para mim com uma espécie de pedido de desculpas, duas ou três rugas de consternação pelo que poderia ser entendido quase como uma metáfora pornográfica do que eles estavam fazendo com, digamos, o povo brasileiro ou alguma entidade abstrata semelhante, mas eu só pensava em você e no livro de capa amarela, e de como aquilo que eu acabava de descobrir, quer dizer, o fato de que o autor de *A matemática da vida* era você, no final das contas poderia ser útil, somando dois mais dois, exatamente no momento em que, por informação privilegiada, eu já sabia que os nossos chefes seriam presos em breve, esta arapuca fecharia e o meu exótico maluquinho por quem eu sempre arrastei um interesse, misterioso até para mim, ficaria desempregado e quem sabe pobre, distraído com seus números, o talismã da Price & Savings – e me surgiu a ideia.

E Débora olhou para o alto, num delicado movimento diagonal de cabeça que Otávio acompanhou curioso, à procura do seu olhar, como se ela contemplasse alguma borboleta imóvel, mas invisível, no ar acima deles, e era só o título do projeto (talvez ela imaginasse as cores do letreiro), "A matemática da vida: Orientação existencial". Não havia nada no ar, e os olhares desceram novamente ao nível dos olhos, agora à distância de três palmos, ou sessenta e seis centímetros, ele calculou, e um intenso espírito de seriedade os envolveu, o que ele sentiu fisicamente no peito, o impacto do silêncio, quase que parando de respirar, vendo o rosto de Débora assumir a firme iniciativa e se aproximar vagaroso, mas sem hesitação, a cabeça se inclinando cerca de quinze graus para a esquerda, o que ele sem pensar reproduziu em espelho num reflexo tranquilo e simétrico de modo que os narizes se dessem espaço mútuo quando os lábios se tocassem, o que de fato aconteceu, sempre lentamente, quando as bocas se abriram discretas para toques gentis de língua em meio a uma timidez táctil que pouco a pouco relaxou e levou-o enfim a fechar os olhos.

— Desde quando eu prestava atenção em você? Bem, é difícil passar despercebido um homem capaz de dividir uma conta de bar até os centavos em um décimo de segundo, antes mesmo que o garçom digitasse o primeiro número na calculadora. Todo mundo gosta de uma apresentação de circo; é uma volta à infância. Foi uma experiência impactante, um ano atrás. Você nem lembra. Eu acho. Lembra? Eu só não te agarrei ali porque você estava com a mulher ao lado, uma advogada bonita e arrogante, de saco cheio de ter de acompanhar aqueles pequenos marionetes de financeira, com aquela alegria plastificada de funcionários fiéis, festejando a noite de sexta-feira num boteco de engravatados. E agora eu descubro que você é Kelvin Oliva, uma mina oculta de ouro, o autor de *A matemática da vida*. Tim-tim!

Débora é uma mulher impiedosa para definir o mundo, o dela e o dos outros, ele pensou, sentindo uma breve tensão. A advogada arrogante já estava com outros planos para a sua vida, havia um ano. A nossa primeira grande rusga, se é que esse tipo de cálculo faz sentido. *Aconteça o que acontecer*, disse alguém ao café, *num momento as coisas morrem. Isso inclui as mulheres que amamos.* Matar ou não matar o mandarim? Ela deu um tiro na minha testa sem olhar para trás, *mas pensar assim não resolve o seu problema*, ele se imaginou lecionando à pequena plateia de treze pessoas – talvez dezessete –, mulheres e homens atentos que terão pagado um bom dinheiro para ouvi-lo. "Orientação existencial". Não matar é um bom começo, ele disse à filha: a frase é boa, como metáfora e como asserção absoluta. A sombra bíblica e o monopólio da força pelo Estado, que paradoxalmente nos tirou da barbárie ostensiva. Talvez um pacote de cinco palestras, de segunda a sexta, agenciadas por sua empresa, cuja CEO, *a dublê de executiva e poeta Débora Silva Sachenttat, no momento sra. Espinhosa*, ele leu mentalmente em algum jornal imaginário, com a foto de uma mulher bonita de cabelos negros e lisos como os cabelos de Rachel, nos lábios sorridentes o mesmo DNA de algum estupro ancestral, duas índias redivivas. Ouviu o seu ressonar suave, sentindo na palma da mão, pousada sobre sua barriga nua, o movimento tranquilo da respiração. Comparou o efeito táctil da barriga de Rachel (mais magra) com a barriga de Débora (mais cheinha, ou mais *afetiva*, ele pensou em dizer, como se a cabeça estivesse na pele, mas lembrou do pai, *jamais compare mulheres, nem de brincadeira, não seja desastrado). Perdi meu filho para o crack*, ela havia dito. Por força do choque, ele permaneceu em silêncio, à espera da continuação da tragédia, *o rapaz foi encontrado com onze balas no peito*, ele ouviu alguém comentar no café e pensou na estranheza do *onze* – bastava a expressão real do seu rosto, a consternação legítima, *não podemos perder nossos filhos*, ele quase disse, absurdo, pensando em Daniel e sua revolução adolescente, quando ela sorriu e mudou de assunto, mas voltou ao tema horas depois, melancólica, circulando o dedo sobre a borda da taça de vinho de uva carmenère como se pudesse tirar dali alguma música. *As coisas começaram a desaparecer de casa. A máquina fotográfica. A bicicleta. A impressora do escritório. Assaltos simulados de que ele era sempre a vítima. "Quebraram a vidraça e levaram tudo da casa. O alarme estava desligado. Ó meu olho, como ficou. Me deram um soco."* E sumiu o macbook do Mateus – *Aquele filho da puta levou a minha vida, está tudo ali, caralho, eu não tinha configurado a nuvem*, ele me disse, avançando para mim sacudindo o dedo, *sua vagabunda, o que você fez com a educação do seu filho?* Otávio segurou com firmeza sua mão, sobre a mesa do restaurante, e olharam-se demoradamente. *O que eu posso dizer?* Ela arriscou um sorriso: você entendeu? O filho da puta não tinha "configurado a nuvem". O filho à beira da morte, idiota sorridente, zumbi de traficantes, e ele não tinha configurado a nuvem. O que eu fiz com a educação do meu filho? Otávio apertou sua mão mais forte. Isso está muito tenso; este dia tem de acabar logo, ele pensou, arrastando consigo o beijo *de que fui vítima*, ele brincaria depois, *eu poderia processar você por assédio*, e ela assentiu, rindo, falsamente envergonhada, *sim, você poderia me linchar para todo o sempre. Ou aguarde dez anos para denunciar no momento certo, quando nossa empresa* – Happiness & Behavior, que tal o título? – *for um sucesso estrondoso.* Mais tarde falariam *as bobaginhas do amor*, ela diria, passarinhos se bicando e arrulhando e arrepiando as penas, sempre parece poesia, mas é só a forma social do desejo, ele pensou em dizer, lembrando-se da formulação de seu velho parente, *desejo como o conjunto concentrado de todos os apetites, impulsos e volições do homem, que a todo momento variam e se opõem entre si – assim somos jogados e barrados para lá e para cá como joões--bobos sem jamais saber onde está o ponto ótimo.* Do homem ou da mulher?, ela provocou, e ele respondeu, Eu ainda sou do tempo da perspectiva masculina do mundo, quando o imperativo biológico da gravidez, do parto e do nascimento provocava uma logística tribal historicamente dominante que não permitia ainda separar por completo a natureza da cultura, homem e mulher com papéis sociais nítidos, pelo menos em seus efeitos práticos, separação e autonomia que estamos vivendo hoje em processo acelerado, de modo que agora é você que manda em mim e não eu em você, como seria lógico e racional, e eles riram. *Você é engraçado*, ela disse. *Cada frase uma tese*. E ele respondeu: *Todas de boteco*, como a encarnação de seu pai, e ela riu novamente. Quando uma mulher ri e ilumina o mundo, dizia-lhe o pai (e o velho escroque sempre abria os braços, como um padre abençoando), é meio caminho andado. Vá em frente. O ponto ótimo estava na lenta e decidida aproximação da cabeça de Débora em sua direção, o rosto tomado de uma seriedade paralisante, *a da paixão*, ela diria depois, mas era de fato outra coisa, *a manifestação do poder feminino em estado puro*, ele arriscou, no retrospecto da nudez *post coitum*, o nada que é tudo, reconstituindo a si mesmo horas antes como num fotograma de filme. Ele gravou particularmente a mão em garra fazendo uma sutil alavanca no seu joelho para levá-la até ele, a geometria medida. *O beijo não é uma coisa simples*, ela disse depois, ambos arrulhando (*É arrulhar, que se diz? Aquele sussurrar de passarinhos?*, e ela riu, *o aprendiz de poesia sempre é brega*, e ele disse *é que a palavra é engraçada, mas eu nunca usaria "arrulhar" num bate-papo de café, e ela riu novamente*) na escuridão quase total, e ela sentia breves frêmitos de frio, encolhendo-se no abraço. *Se o beijo não dá certo, nada dará certo; é melhor não insistir.* Ele fez *huhum*, sem se mover. O frio começou a descer sobre ele. Ela aproximou a cabeça. *O segredo está nos lábios, quer dizer, na afinidade táctil, as ventosinhas milimétricas e a combinação misteriosa do pH das salivas, mais a umidade e a sutil diferença de temperaturas, o que você só percebe se mordiscar assim*, dito e feito, *viu, como é gostosinho*, e ele fechou os olhos para uma escuridão mais completa. Sentiu ainda o aroma da maconha, que ele parecia sugar dos lábios dela, e ela disse *Estou com sede*, e uma pequena tensão assomou no seu peito, o frio e o que fazer agora. *Não há nada aqui. Desocuparam o espaço e só deixaram esse cobertor, o que eu nunca entendi.*

— E então você transformou esse salão vazio no teu abatedouro. Imagino que ali nos fundos tem um armário com uma coleção de cabeças empalhadas dos homens que você arrastou até aqui.

— Bobinho.

O diminutivo sussurrado como que derretia Débora num sopro de afeto. *Ele é um sentimental estéril*, escreveu Rachel ao seu parceiro Augusto, *perdido em números que não servem para nada. Eu preciso recomeçar minha vida sob outro ponto de vista.* Ele voltou a pensar naquilo: como alguém recomeça de outro ponto, e de olhos fechados tentou criar a figura geométrica de um plano que se autotransporta sem perder as coordenadas espaciais que o determinavam, o que significaria âncoras que se movem com o navio – o que Spinoza diria disso? – e a voz de Rachel repetia: *Você está envolvido?* Oito ligações perdidas, ela se desesperou pelo meu silêncio, ele percebeu agora com um hálito de alegria vingativa, ela que se foda; nunca vou responder. A luz bruta do celular revelou duas cabeças sombrias lado a lado, num relâmpago fantasmagórico, *Desligue isso, querido*, disse-lhe Débora, e ele obedeceu imediatamente, devolvendo o aparelho à calça jogada no chão, e voltou a abraçá-la, sorvendo o cheiro de outra pele, cada mulher tem um cheiro diferente, dizia-lhe o pai, e todos são bons.

Do nadir ao zênite, ele pensou no escuro, recompondo mais uma vez o momento em que Débora avançou sua cabeça em direção à cabeça dele, oferecendo-lhe os lábios de um modo que parecia não permitir recusa, e depois de se tocarem, num entrechoque de cadeiras e mãos em busca de apoio, fechando--se num abraço incerto enquanto se erguiam inseguros, perigosamente inclinados, um a segurar o outro como a uma boia leve (ele deu um encontrão na mesa e chutou longe a cadeira para melhor sentir a cintura de Débora que enfim se estreitou com a dele, ambos adaptando-se a um *território novo*, ele diria depois, e ela acharia graça, e então finalmente se olharam sem se largar, e não ocorreu a eles conferir se havia mais alguém naquele salão interminável de monitores luminosos a testemunhar aquilo, além dos índices do dólar e Ibovespa e a curva dos juros em eletroencefalogramas coloridos e piscantes, Débora e Espinhosa como que girando numa dança lenta, autocentrada e autoimune, engatados e engatilhados, *e eu desci a mão direita quase até a sua bunda, que eu queria apertar*, e ela disse, *eu percebi, e senti falta*, e eles riram, *é que o beijo*, ele disse beijando-a, *me ocupava totalmente*, mas era mentira, ele pensou agora: imaginava um eixo vertical do nadir, da sola dos pés, até o zênite, no topo da cabeça, de baixo para cima, e ambos se erguendo para aquele tango desajeitado e explícito, todos os passos de aproximação, giro e recuo que fazem a beleza do jogo resumindo--se ao choque final dos corpos, afinal retomado horas depois na aproximação da janela diante da cidade, o salão vazio, futuro espaço do "A matemática da vida: Orientação existencial", quando ele enfim quebrou o longo refluxo de timidez – *acho que era o temor da performance, um problema que vocês mulheres resolvem, se for preciso, com teatro*, e ela riu, acendendo o baseado que tirou da bolsa, *sabe que é verdade?* – e tocou-lhe a cintura.

Da contemplação à janela diante da cidade iluminada – e ele lembrou da piada universal e antiquíssima, *um dia tudo isso será seu* –, e dali ao toque na cintura e a um outro colar de beijos, foram ao chão num rascunho de luta, estendendo-se sobre um cobertor que apareceu de algum lugar, *deixaram isso aqui*, ele ouviu ela dizer, enquanto largavam roupas pelo caminho escuro *como dois adolescentes*, Débora diria depois, numa espécie *chapada* de felicidade, e ela riu daquele *chapada*, que ele repetia como uma provocação – onde você consegue maconha, uma mulher da sua classe, a *herdeira*, disse-lhe Gomes, sério, *ela é podre de rica, sabe o banco Sallus?*, e ele só ouviu ela dizer, *eu tenho meus fornecedores*, e ele teve vontade de repicar *mas o teu filho morreu de crack e você*, mas não disse – você está virando um pequeno moralista, Rachel o havia acusado algumas vezes. A complexidade do mundo não cabe na tua pequena opinião, no teu cercadinho mental – não não, isso foi a Teresa que lhe disse, o ressentimento na garganta, quando se reviram e ele subiu naquele hotel para comê-la, como se fosse simples comer uma mulher, tipo *pá-pum!*, a pura felicidade sem consequências, *com essa facilidade, só pagando*, e os homens riram na roda, *agora são elas que estão nos comendo. Estamos todos fodidos. Vão ser cinco mil anos de vingança.* Há roupas demais para tirar, ele disse, e Débora riu, *já foi bem pior em outras eras*, e ele tirou o cinto, sempre achou perturbador e erótico o ato de tirar o cinto diante de uma mulher, o kitsch do sexo, o gesto dominador, o chicote ou a cobra que se desenrola, *fique quietinha*, a expectativa da agressão, a fantasia que rende milhões no cinema B, *o que me inspirou*, ele diria depois, no escuro, *para quebrar meu medo*, quando a respiração deles começava a voltar ao normal e eles arrulhavam e bicavam lábios com lábios preparando-se para o recomeço – virou-a de costas, bunda empinada, e foi dobrando-a em direção ao chão, o que conseguiu com alguma resistência medida e um rascante bom humor, *ai!*, ela resistindo mas puxando sua mão para *a origem do mundo*, *aqui*, ele podia sentir o espírito de jogo na luta simulada, os dedos úmidos, *meu Deus, como é bom*, e quando a deitou no chão desfechou o tapa estalante na bunda e ela gemeu de olhos fechados encolhendo-se mais ainda, *Venha*.

A dialética do esquecimento – a expressão absurda ficou diante de seus olhos, que nada viam, de onde tirei isso? Alguma aula em Harvard transfigurada pelos delírios da memória. Ouvia o ressonar tranquilo de Débora e misteriosamente amou-a, por nada: uma epifania, ele pensou. Eu ficaria aqui para sempre. Foda-se o mundo, quero morrer. E dizer que hoje cedo eu ia abdicar da vida sexual até a morte, de modo a atingir, pela negação essencial, o nirvana da felicidade. *Esse povo enlouqueceu completamente*, ele sussurrou, como se a ideia não tivesse sido dele. *Nós, o povo*.

Será um dia de fazer contas, ele imaginou, mantendo os olhos abertos. Quanto tempo dormiu? A janela prosseguia escura, e a cidade soava um pouco mais discreta e silenciosa. Débora agora dormia profundamente, uma sombra tranquila, e ele invejou-a. Resistiu à tentação de ver as horas. *O que você vai fazer da sua vida?*, ela havia perguntado uns quinze minutos depois do final do sexo, a respiração recuperada, seguindo-se a um gozo que, na sintonia de Débora (ele teve de fechar sua boca temendo a fúria de vizinhos imaginários diante da sua alegria ostensiva, o grito que ela tentava segurar e não conseguia, a pequena convulsão jogando a cabeça para trás, a alma tentando sair pela garganta – não era exatamente *alegria*, ele pensou, em busca de uma definição *mais matemática* para aquele pequeno êxtase, e *felicidade* diz muito pouco, é só uma névoa sem referência, enquanto *prazer* é insuficiente e demasiado genérico ou apenas pragmático – o que ele viu e sentiu e absorveu dos olhos dela era mais do que isso, e qualquer palavra parece se vulgarizar aqui, ele imaginou, acontecia alguma coisa *maior*, só falta você tentar encaixar o gozo na *Ética* de Spinoza, acusou Rachel, sem humor), a misteriosa convulsão em ondas parecia jamais ter fim, *é como se você controlasse o que te controla* (ela iria lhe explicar dois dias depois, quando conversaram demoradamente sobre sexo) até pousar suavemente de novo na Terra, ela encolhendo-se *como uma pequena ave*, uma vez ele disse a uma namorada, como quem testa o poder da poesia, *você é uma pequena ave*, e a menina sorriu, o que o deixou feliz. *O que eu vou fazer? Vou amar você até o fim dos meus dias.* E Débora riu, de olhos fechados, lisonjeada, apertando-se mais nele. *Bobinho. Ah, os homens apaixonados. Que bom se a vida fosse assim. Eu me refiro à vida real.*

— Você quer mesmo fazer uma sociedade comigo? Você falava a sério?

— Sim. Quero mudar o rumo da minha vida. Você deu o estalo.

Ele ia dizer: *não vai dar certo – negócios com amor. É um fracasso clássico. Já começamos mal.* Mas não disse (em cinco segundos a ideia passou a ser profundamente atraente, quase um estado de paixão), e lembrou das longas cartas de Rachel que ele leu madrugada adentro como um aprendiz de inferno: *Eu preciso da minha completa autonomia, Augusto; e jamais terei isso com o Otávio. É simples: ser quem eu sou. No nosso trabalho comum, no escritório, isso será possível. Com o mundo infantil de Otávio e seus números e sua raiz quadrada instantânea, jamais.*

Débora pediu um salmão com legumes; ele, um filé ao ponto, também com legumes; com a carta de vinho nas mãos, ela chegou ao carmenère, e dali tudo prosseguiu fluindo: ele ainda estava tentando entender o que havia acontecido no escritório, de onde saíram como dois adolescentes fugitivos para andar a esmo por uma hora de mãos dadas até entrar neste restaurante que acabava de abrir, e por que aquilo estava lhe parecendo o zênite da vida, exatamente no momento em que todas as desgraças pareciam lhe cair na cabeça. *Você nunca vai saber*, ela disse, rindo. *Nem eu mesma, que desencadeei o processo. Não foi isso?* Você foi o bater das asas da borboleta, ele pensou em dizer, lembrando da teoria do caos. *Filho, nem tudo tem explicação*, disse-lhe o pai depois de desaparecer por uma semana, e não fosse a falsa mãe a cuidar dele controlando a própria fúria, *aquele filho da puta, o que estou fazendo aqui? Não sou tua mãe.* Natália: nunca esqueceu o nome, que a vaga memória de criança colocou na testa de uma mulher que lhe parecia uma quase menina, mais assustada que o menino – não fosse ela, ele teria morrido de fome. Com cinco ou seis anos de idade, *meu Mozart*, levado pela mão para uma casa estranha de onde foi recolhido com um abraço apertado e saiu pela rua feliz, a cavalo no pescoço do pai, *te trataram bem, meu Mozart?*

Ressonou mais um pouco e ao abrir os olhos encontrou os olhos semicerrados de Débora a dez centímetros dele. Súbita, a ideia de voltar para casa lhe pareceu ao mesmo tempo irresistível e assustadora. *Você está envolvido?* Teria de aprender os códigos do rompimento da família, os rituais da separação, a dança do desacasalamento. Pensou em dizer em voz alta: "Não tenho prática", e sentiu vontade de rir. *Estou inteiramente acordado. Preciso andar*, ele disse. *Andar me acalma.* E a voz dela, baixinha: *Vá tranquilo. Vou ficar mais um pouco. À tarde conversamos. Se quiser ir lá para casa de uma vez por todas, me telefone.* Ele pensou em dizer *eu te amo*, mas alguma coisa travou, como se não fosse verdade.

O sexo – ele pensou, quando a porta do elevador se abriu no escuro e ele deu um passo em frente, iluminando-se súbito o hall do prédio, um relógio imenso na parede a indicar as cinco horas da manhã. *Esqueci o que eu queria dizer a Débora*, ele sussurrou, chamando a atenção do porteiro, que tossiu atrás do balcão numa espécie de *eu estou aqui*, que ele respondeu com um sorriso de boa-noite e um balançar de cabeça, e avançou pelo corredor até a porta do prédio, que por algum controle remoto fez um *clic!* à sua sombra. Saiu à calçada observando os mendigos que dormiam envoltos em trapos e papelões sob a marquise imensa, enfileirados até a esquina, e sentiu o vento frio, mas agradável, ou suportável. Uma sensação inesperadamente boa no corpo inteiro. *Uma exaustão feliz*, foi o que ele disse a Débora, que preferiu ficar enroladinha no cobertor, *meu Deus, que sensação boa*, ela disse, *não quero abrir os olhos, conversamos amanhã*. Um carro passou em alta velocidade – no outro lado da rua, um muro em ruínas deixava ver a pichação talvez recente, *A BURGUESIA FEDE*, letras negras escorridas como num cartaz de filme de terror, e fantasiou seu filho Daniel divertindo-se com o spray de tinta em sua primeira missão revolucionária.

— Idiotas.

Pensou em caminhar até em casa – seriam três mil e seiscentos metros, calculou, multiplicando o número de quarteirões por cem –, mas permaneceu imóvel.

© Cristovão Tezza, 2018

Todos os direitos desta edição reservados à Todavia.

Grafia atualizada segundo o Acordo Ortográfico da Língua
Portuguesa de 1990, que entrou em vigor no Brasil em 2009.

capa
Elaine Ramos
composição
Jussara Fino
preparação
Leny Cordeiro
revisão
Huendel Viana
Livia Azevedo Lima

Dados Internacionais de Catalogação na Publicação (CIP)
——

Tezza, Cristovão (1952-)
A tirania do amor: Cristovão Tezza
São Paulo: Todavia, 1ª ed., 2018
176 páginas

ISBN 978-85-93828-68-3

1. Literatura brasileira 2. Romance I. Título

CDD 869.3
——

Índices para catálogo sistemático:
1. Literatura brasileira: Romance 869.3

todavia
Rua Luís Anhaia, 44
05433.020 São Paulo SP
T. 55 11. 3854 5665
www.todavialivros.com.br

fonte
Register*
papel
Munken print cream
80 g/m²
impressão
Ipsis